Para fazer
um livro de alfabetos e aniversários

GERTRUDE STEIN

Para fazer um livro de alfabetos e aniversários

Tradução e posfácios
Dirce Waltrick do Amarante
Luci Collin

ILUMI//URAS

To Do – A Book of Alphabets and Birthday
Gertrude Stein

Copyright © 2017
Dirce Waltrick do Amarante e Luci Collin

Copyright © desta edição
Editora Iluminuras Ltda.

Capa e projeto gráfico
Eder Cardoso / Iluminuras
sobre *The birthday cake*, Harry Whittier frees, 1914

Fotos
Library of Congress Prints and Photographs Division
Washington, D.C. USA

Revisão
Júlio César Ramos

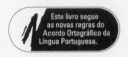

CIP-BRASIL. CATALOGAÇÃO NA PUBLICAÇÃO
SINDICATO NACIONAL DOS EDITORES DE LIVROS, RJ
S833p

    Stein, Gertrude, 1874-1946
    Para fazer um livro de alfabetos e aniversários / Gertrude Stein ; Tradução e posfácios Dirce Waltrick do Amarante, Luci Collin. – 1. ed. – São Paulo : Iluminuras, 2017.
    144 p. : il. ; 23 cm.

    Tradução de: To do a book of alphabets and birthdays
    ISBN: 978-85-7321-557-1

    1. Alfabeto - Conto infantojuvenil. 2. Conto infantojuvenil americano. I. Collin, Luci. II. Amarante, Dirce Waltrick do. III. Título.

17-39461   CDD: 028.5
                   CDU: 087.5

2020
EDITORA ILUMINURAS LTDA.
Rua Inácio Pereira da Rocha, 389 – 05432-011 – São Paulo/SP – Brasil
Tel./Fax: 55 11 3031-6161
iluminuras@iluminuras.com.br
www.iluminuras.com.br

Sumário

Para fazer
um livro de alfabetos e aniversários, 11

Posfácios, 137

Gertrude Stein para crianças, 139

Dirce Waltrick do amarante

Ler que é verter que é mover o caleidoscópio com Stein, 141

Luci Collin

sobre a autora, 143

sobre as tradutoras, 143

aGRaDECIMENTO

Pós-Graduação em Estudos da Tradução da
Universidade Federal de Santa Catarina

NOTA

Pensamos em ilustrar o livro com fotografias que situassem o leitor na primeira metade do século XX, época em que Gertrude Stein escreveu este livro para crianças.

Dirce Waltrick do Amarante e *Luci Collin*

Fotos disponibilizadas pela Library of Congress Prints and Photographs Division Washington, D.C. USA para utilização pública ☺ .
a. *Horse*, Harris & Ewing , 1921 / **B**. *Amundsen's favorite dogs*, autor desconhecido, 1912 **C**. *Laddie boy's birthday cake*, autor desconhecido, 1922 / **D**. *Marcia Chapin*, autor desconhecido, 1919 / **E**. *Baby*, autor desconhecido, F. Eric and Edith Matson Photograph Collection, 1925 / **f**. *Poster The 4.leaf clover of industry*, autor desconhecido,1917 / **G**. *Mrs. Coolidge eating cookies*, autor desconhecido, 1923 / **H**. *Woman at typewriter*, Harris & Ewing , 1921 / **I**. *Marriage certificate*, autor desconhecido, sem data / **J**. *Prince Wilhelm*, autor desconhecido, 1905 / **K**. *Head of cow*, autor desconhecido, 1901 / **L**. *Girl with lilies in greenhouse*, Harris & Ewing , 1924 / **M**. *Two bats flying*, autor desconhecido, 1830 / **N**. *The birthday cake*, Harry Whittier frees, 1914 / **O**. *Trees*, autor desconhecido, 1925 / **P**. *Grandfather of tenant farmer family*, John Vachon, 1934 / **Q**. *Woman and rabbit in a courtyard*, Arnold Genthe, 1920 / **R**. *Courtyard with a chicken*, Arnold Genthe, 1920 / **S**. *Brennan triplets*, autor desconhecido, C.M. Bell, 1894 / **T**. *Chinese*, William Henry Jackson, 1901 / **U**. *Nurse training*, Fritz Henle, 1942 / **V**. *Matson photographing in Petra*, Matson Photo servisse, 1934 / **W**. *Clothesline*, Russel Lee, 1937 / **X**. *Little boy buying hamburger*, Russel Lee, 1938 / **Y**. *Traffic Cop*, George Grantham Bain, 1915 / **Z**. *Miss Irene Montgomery*, Herbert French, 1920
Foto de Gertrude Stein: autor desconhecido, 1930

GERTRUDE STEIN

PARA FAZER UM LIVRO DE ALFABETOS ANIVERSÁRIOS

Com ALFABETOS e NOMES se pode brincar e sempre se tem um nome e todo nome tem é claro também um aniversário a festejar.

Deve-se pensar bem pensado em cada nome a ser dado.

Nomes a serem dados.

Míldio.

E você tem que pensar ainda nos alfabetos, um alfabeto e um nome são bens e não se pode ir além, e os aniversários são importantes, para saber quem é quem.

Tudo começa com **d**

O que você disse. Eu disse tudo começa com **d** e eu estava certo e fique por perto e tudo dará certo.

Tudo começa com **d**.

d. Aninha, Artur, Ativo, Alberto.

Aninha é uma menina, Artur é um menino e Ativo é um cavalo. Alberto é um homem que usa óculos.

Ativo.

Ativo é o nome de um cavalo.

Todo mundo esqueceu o que são os cavalos.

O que são cavalos.

O que os cavalos são.

Cavalos são animais com uma crina e um rabo orelhas cascos uma cabeça e dentes e ferraduras se as colocam neles.

Se as colocam neles e se eles as perdem e se alguém as acha e as guarda, se tem muita muita sorte. Mas agora todo mundo esqueceu o que são os cavalos e o que são ferraduras e o que são cravos para ferraduras todo mundo esqueceu o que os cavalos são, mas o que de fato interessaria é saber que, um dia, Ativo foi o nome de um cavalo, um belo cavalo.

Ele fazia aniversário nesse dia ele fazia, então todo mundo sabia quantos anos ele tinha, ele nasceu no dia trinta e um de maio bem nesse dia, mas ele dizia que não havia nascido nesse dia, ele dizia que o certo era em junho, no dia trinta e um, e que não era antes disso de jeito nenhum. Todo dia ele queria nascer mais tarde. Bem, era assim que ele era e Ativo era o seu nome, era o seu nome por hora, mas nem sempre foi assim, ele já foi Coice, não que ele já tenha coiceado não e ele costumava puxar uma carroça de leite. Até que veio a guerra, Coice tinha vinte anos, vinte anos é muita idade para um cavalo mas Coice sempre se sentiu bem feliz, daí que até aos vinte anos ele era jovem, carinhoso e bem garboso.

Daí os soldados apareceram e acharam o Coice bem jovem e potente e o levaram dali e todo mundo gritava e o leite secava, mas eles levaram o Coice dali mesmo e ele era velho mesmo, mas parecia jovem e potente.

Então ninguém sabia onde ele estava, e ele não ele não foi embora nem ficou, mas estava no *front* onde havia tiroteio e ele carregava um pequeno morteiro e eles não sabiam o seu nome, mas ele parecia tão jovem e potente que eles o chamavam de Ativo e ele sempre ia na frente ele e seu pequeno morteiro. E alguém escreveu para ele e ele respondeu que estava com um homem bom, e eles mandaram chocolate e um monte de coisas para o homem bom, então ele daria um pouco para o Ativo e ele deu mesmo e todo mundo gostava de tudo até do pequeno morteiro que o Ativo puxava. Foi bem assim que tudo foi. E então o Ativo foi à frente e alguém disse para ele se você fingir que não está bem eles te mandarão para casa. Posso levar meu pequeno morteiro, disse o Ativo, gosto mais dele do que da carroça do leiteiro, prefiro ser Ativo do que Coice que nunca coiceou. Acho que vou ficar onde estou, Ativo falou.

E assim tudo continuou, e um dia não tinha mais guerra, tudo estava calmo, Ativo estava tranquilo e cordial e todo mundo estava indo para casa. E Ativo foi mandado para casa para a carroça do leiteiro e a carroça do leiteiro foi trocada por um carro e eles não precisavam mais do Ativo, eles só podiam usá-lo para arar, e o chamaram de Coice de novo, mas Ativo era o seu nome e ele disse que perderia sua crina se aceitasse outro nome. Bem todos eles gritaram como ninguém, todos eles gritaram e gritaram e então Ativo esqueceu tudo e disse que arar não era tão ruim, ele sempre seria feliz, enfim e coisa e tal, e afinal para que dizer as coisas se todo mundo fazia com ele o que bem entendia. Então ele disse que pensou num automóvel, e um certo dia ele disse que podia ser um automóvel, não um novo um velho e ele era um, ele era um automóvel e um automóvel nunca tem um nome e nunca tem uma crina e tem um sapato de borracha não um de ferro e encontrar sapatos de borracha não significa nada, é diferente de encontrar ferraduras e isso foi o fim de tudo isso.

E ENTÃO VEM O B

. Bem, Aninha se embananou quando o β chegou, mas basta de confusão: se você presta atenção, β vem depois do α que veio antes do β.

β é para Beatriz e Beto e Bento e Bacana e cada um tem um dia para fazer aniversário.

β é para Beatriz que era mãe de alguns meninos. Era mãe de três.

Beto era bem vesguinho porque quando era bebê sempre alguém batia com o dedo no seu nariz.

O segundo era o Bento que nunca dizia vento porque dizer aquilo o fazia sentir engraçado e o terceiro se chamava Bacana e ele era sempre um bocado sossegado.

E então cada um tinha que ter um dia um dia de aniversário, ninguém nem nenhum pode dizer que cada um não tinha que ter um dia de fazer aniversário. E também a mãe de todos, Beatriz, fazia anos num dia.

β para Beatriz e Beto e Bento e Bacana e cada um tinha um dia para aniversariar.

Bacana, que era sempre um bocado sossegado, foi pescar ao anoitecer. Ele sempre pescava à noite e aquilo era tranquilo porque ele nasceu de dia e Bacana era engraçado porque ele nasceu errado no calendário – num dia que não era o seu aniversário. Qualquer dia então podia ser seu dia de aniversário já que ele não havia nascido no dia reservado. E assim ele podia pescar ao anoitecer e ser um bocado sossegado.

Aquilo era adequado.

Ele era um garoto engraçado.

Ter nascido tudo bem num dia que nem era seu aniversário.

Ele era um bocado engraçado.

Bacana tinha dois cachorros sebentos e amarelinhos – cheios de pelo, mas sem zelo.

Eles se chamavam Insone e Soneca.

Insone e Soneca sempre foram pescar com Bacana à noite. Insone latia a noite inteira enquanto Soneca sonecava.

Bacana era um menino rico. Um dia, que podia ser o dia de seu aniversário porque ele não nasceu no dia do seu aniversário e qualquer dia poderia ser seu aniversário, bem, um dia ele encontrou a letra A que era uma menina chamada Aninha. Aninha era muito bonita, diziam isso sobre a Aninha todo dia e assim, como a Aninha nasceu no seu aniversário, seu aniversário era o dia dezessete de fevereiro. Bacana gostava de olhar para ela e então no dia de hoje, que não é o dia de a Aninha fazer anos, mas um dia qualquer, ele parou para perguntar: Bem, Aninha, aonde você está indo hoje? Então, ele continuou a falar: Você sabe, eu sou forte e tenho grana e você não precisa me seguir para onde eu quiser ir, mas eu lhe darei meu capital porque você é sensacional. E ele deu, ele deu a ela todo o seu dinheiro e ela levou a grana embora e então já não era mais de dia porque a noite caía e Bacana, que era sempre um bocado sossegado, foi pescar num rio que corria e escorria com muita energia.

Bacana, quando ia pescar, levava uma luz para iluminar.

Ninguém fazia isso não, porque isso deixa os peixes tontos e eles não conseguem entender de onde é que a luz reluz. E isso não se faz. Mas o Bacana fez isso, ele pescou à noite com luz. E hoje à noite, sim hoje mesmo, ele caiu na água à noite e se afogou. E Insone latiu a noite toda e Soneca dormiu e Aninha, com a grana do Bacana, comprou caldo de cana e o Bacana nunca mais foi um bocado sossegado. Mas os peixes agora podem dormir quando anoitece.

Isso é o que acontece quando você não nasce no dia certo do calendário, é o que todo mundo diz, isso é o que acontece quando você não nasce no dia do seu aniversário.

Então tem o C de Carlos.

Carlos é um menino cujo pai fazia *cookies* de chocolate.

Todos eles faziam aniversário.

Janeiro.

Oh sim ele falou e chorou. Se eu pudesse fazer aniversário quando eu quisesse.

Se eu pudesse fazer um outro aniversário, que maneiro, janeiro ele falou janeiro e chorou.

Qual era.

Ele não sabia qual deles era tudo que ele sabia é que seu nome era Sonso e que tinha um cachorro chamado Alonso e que ele queria oh como ele queria que seu aniversário, que ele fizesse um aniversário, digo fizesse um aniversário, que dia seu aniversário seria, oh que dia e então nada mais dizia nada dizia um aniversário ele não faria.

Primeiro de janeiro.

Ninguém sabe por que ele disse minha nossa.

Mas ele disse.

Aniversário foi o que ele disse.

De qualquer modo foi o que ele disse.

E o seu nome é Carlos.

Essa é a grande surpresa. Que, que o seu nome é Carlos.

Ele não sabia disso. Ele não sabia não. Ele não sabia disso não mas era esse o seu nome. Seu nome era Carlos e em janeiro era seu aniversário, o mês inteiro de janeiro cada dia do mês ele fazia aniversário outra vez.

Agora você pode ver por que ele suspirou e chorou. E qualquer um choraria.

É bom fazer aniversário em janeiro porque chega logo mas daí não chega mais novamente.

Carlos teve que pensar em tudo isso.

E ainda que ele não pudesse evitar, seu aniversário, oh céus por que tentar chorar, seu aniversário, oh céus oh céus oh céus.

Janeiro, Carlos, a lua nova, e a glória.

Aniversários.

D

dá para fazer Dora Davi Dodó e Dileta.

E seus aniversários.

Dora sabia que pássaros voam, e Davi também sabia, mas Dodó e Dileta não, Dodó e Dileta pensavam que isso não era verdade, sabiam que janeiro se passara, nenhum aniversário, e fevereiro era curtinho e nenhum aniversário e quando se vê o mês voou.

Ah, desgraça, disseram Dodó e Dileta, sem aniversários, nenhum aniversariozinho, nem unzinho.

O espantoso sobre aniversários é que algumas pessoas nascem no dia de seus aniversários e outras não.

Dodó e Dileta e os outros sabiam disso e sabiam que todos os outros saberiam. Ah, desgraça.

Dodó. Avó. Só.

Nenhum aniversário.

Oito biscoito afoito.

Sem aniversários.

Dileta.

Bem Dileta pensou que seria sensacional bem como seria genial fazer um.

Tudo bem, faça um, faça aniversário Dileta.

Dileta falava sozinha. Ela dizia: fazer um, fazer um, fazer um.

Ninguém sabia o que ela queria, mas era um aniversário, claro que era um aniversário o que ela queria, ela simplesmente tinha que fazer um.

E então ela ouviu Dora e Davi e eles estavam comendo peixe e disseram claro que temos um aniversário, cada um tinha um, e mais ainda: eles nasceram nos seus.

Dodó deu um grande suspiro.

Ela disse que tentaria

Fazer anos algum dia!

E Dileta disse eu também

Eu nunca nasci nunca jamais.

Eu não nasci nunca disse Dileta,

E Dileta era só tristeza.

Mas isto é uma beleza, disse Dileta,

Do que você tem certeza, perguntou Dodó.

Eu nunca fiz um aniversário, e nesse momento Carlos apareceu e ele disse um mês inteirinho de aniversários em janeiro todos só em janeiro que chegava logo, e ele logo faria tendo nascido ao meio-dia.

Que querido, disseram todos,

eu também nasci.

Eu não, disse Dodó, eu nunca nasci. Ah, querida! E ela começou a chorar e ela começou a suspirar e ela disse Ah, vida!

Bem, aniversários têm muitas vantagens.

Assim D vem depois de C. Simplesmente depois. E C não se importa se D vem depois de C ou não, o C nem se importa quando vem. C é C. Que diferença isso faz para C que D venha depois de C.

Mas D se importa ele se importa muito que seja assim que F venha depois de D. Faz toda a diferença para D que F venha depois de D. Às vezes D diz palavras feias para F diz não fique me perseguindo, chega de pega-pega F, me deixe em paz. Mas isso é assim e não há motivo para fazer alvoroço pois o F está sempre lá. Melhor é ser como C e nem se importar. Mas D nunca era assim, D não conseguia evitar o alvoroço só porque F estava sempre lá, D não conseguia não se alvoroçar e F, bem, F se acostumara a D e dizia deixa estar, mas D dizia não! Não é B é F é o F que não quero aqui. Bem, no fim eu nem ligo, disse F. E foi assim que começou e D correu e F também correu e Aninha tinha um leque e não era um moleque, e d e B e C e D e F estavam prontos para ver que ninguém vinha depois de F. Mas eles fizeram f chegar depois de F o que era emocionante de ver e eles esperavam que seria uma corrida para se correr ou brincar de pega-pega, mas não era: eles deviam estar lá e chamar B depois de d e C depois de B e D depois de C e F depois de D e f depois de F. f vem depois e isso o faz ter pressa. Faz fazer mais.

E EiS ENtão o E.

Ninguém deve esquecer que E segue D. Edite, Eduardo, Ema e Elite.

Edite estava atrasada, ela nasceu com um mês de atraso.

Ela devia ter nascido no dia cinco de junho e pensou que era cedo demais então nasceu no dia cinco de julho, oh céus. Daí todo mundo sabia que o dia estava errado daí eles não iam dizer que ela tinha nascido naquele dia daí ela só tinha que seguir sua vida e fez uma cantiga, que dizia, levo vantagem, levo vantagem, pois julho é depois de junho e quatro de julho seria cedo demais e aqui eu estou não em junho mas em julho, oh céus por que, mas é claro que eu sei por que, é porque cinco de julho é o dia ideal para ver a aurora boreal. Edite sempre a vê no céu. Era do jeito que ela via. Para os outros talvez não existisse um céu assim mas ela sempre podia ver mesmo na densa floresta nada podia impedir Edite de ver o céu e muito bem também. Por que não. Se não. Por que não.

O céu é feito para ser azul.

A aurora para parecer rosa.

O céu é feito para ser preto.

O céu é feito para parecer azul.

Mas quando Edite viu o céu ele não era rosa ou preto ou branco ou azul, Edite podia ver de um lado a outro e quando ela olhou de um lado a outro ela soube que verde não é azul, violeta é azul, amarelo não é azul mas preto é azul. Qualquer outra pessoa poderia ficar confusa com as cores do céu. Mas não Edite. Ela sabia por que. E a razão de saber era que ela havia nascido no dia cinco de julho. Aniversário ou não era indiferente para ela, ela sabia por que o céu era azul, por que o céu era rosa, por que o céu era preto e azul naquele dia. Ela sabia.

Não adiantava nada lhe perguntar,

Ela nunca iria falar.

Por ela tocaram um sino.

E isso porque ela não nasceu em junho que era cedo demais mas em julho no dia cinco de julho oh céus.

E ela nunca falaria por quê.

Nunca nunca nunca falar por quê.

Elite tentou tentá-la a falar.

Ele sabia muito bem como.

O que ele tinha a fazer era dizer bem muito bem.

E todo mundo sabia que ele tinha tudo a fazer.

Elite era o seu nome e Elite seu conteúdo.

E ele tentou fazer Edite falar.

Mas não nem mesmo Elite pode fazer Edite falar.

Não disse Edite não.

Eduardo e Ema e Elite disseram oh Edite fale.

Não disse Edite não.

E Eduardo e Ema e Elite estavam tão animados em tentar fazer Edite falar que eles nem sabiam bem o que queriam que Edite falasse. E nem Edite sabia muito bem o que falar e para quem. Não Edite sabia que havia nascido no dia cinco de julho e que ela podia dizer oh céus e que não importava o tanto que tentassem eles nunca iriam fazê-la falar. Mas o quê? Bem, ela esqueceu e eles também, mas eles nunca perguntaram O que, já que estavam tão ocupados fazendo-a falar e ela estava tão ocupada dizendo que nunca nunca ia falar que eles nem souberam o que foi que ela estava para falar e foi justo quando escutaram alguma coisa como um sino dizendo O que O que O que, que todos souberam que era o que eles esqueceram, justo o que, bem o que, então o que, O que o que O que.

E então todos foram dormir E Erd **F**. Sim era era era f.

Mas ninguém pode esquecer também que o f vem depois do E. Francisco, Fofo, Felipe, Florzinha.

Toda vez que Fofo saía ele via um trevo-de-quatro-folhas. Isso era tudo que Fofo fazia.

Mas havia muito mais para o Francisco.

Francisco, Francisco Cisco era seu nome; é um nome engraçado sim mas era o nome dele mesmo assim. Ele gostava de cachorros mas tinha medo deles então preferia falar de pássaros.

Ele tinha uma irmã que era franzina, tinha só um ano a menos do que ele mas ele, o Francisco, era fortão, mas ela era franzina. Naquela parte do país todos os gatos são fracotes, não há gatos grandões e talvez, bem, talvez nem tenha nada a ver com isso, claro, mas ela tinha só um ano a menos e seu nome era Florzinha e ela era franzina.

Eles podiam brincar com a bola que pertencia ao cachorro mas não podiam brincar com o cachorro porque tinham medo dele. Sabiam que Insone e seu irmão Soneca brincavam de pega-pega, eles os viram, e logo souberam que eles brincavam de esconde-esconde, alguém contou isso a eles, mas não havia dúvida sobre isso, Francisco Cisco e sua irmã Florzinha tinham medo de cães e continuaram tendo medo deles. Estavam todos lá fora eles e os cachorros mas Francisco e Florzinha mantinham distância o quanto podiam dos cachorros. Insone não estava realmente lá, eles só haviam escutado falar dele, e Soneca foi levado embora e assim as crianças não podiam vê-lo. Então eles estavam tranquilos para brincar com a bolinha do Soneca. Soneca nem se importava porque ele preferia brincar com gravetos e realmente Francisco e Florzinha também não ligavam muito para bolinhas a única coisa que talvez gostassem era rolar a bola entre as pernas quando ficavam com as pernas separadas e achavam alguém para fazer a bola passar por baixo delas. Passar pelo buraco é como chamavam essa brincadeira. Era isso o que faziam. Não havia cães e tudo estava calmo. Bem agora.

E então eles foram e eles foram além e foram para uma casa, um homem e então uma cabra e então uma mulher e então um cachorro e então a porta foi fechada.

Francisco sabia, ninguém lhe disse mas ele sabia o nome do homem do cachorro da mulher e da cabra e saber aqueles nomes todos assustava Francisco.

Mas então qualquer coisa podia assustar Francisco. Ele era filho de um capitão e um dos seus avós era coronel e o outro era general e qualquer coisa mesmo podia assustar o Francisco.

Cabras não têm nome mas homens têm mas Francisco nunca se importou com o nome que um homem tem nem com o nome de um cão mas um cão tem mesmo um nome. Francisco só se lembrava de seu próprio nome: Francisco Cisco.

Francisco estava assustado e então ele respirou fundo e olhou para sua irmã e ficou feliz porque ela era franzina porque assim ele não tinha que deixá-la para seguir o homem a cabra a mulher e o cachorro.

E então já era noite.

Ninguém sabia como isso tinha acontecido.

Ninguém sabia.

E estava uma escuridão.

E a irmãzinha não estava lá.

Mais tarde diriam que ela havia se afastado uns bons quilômetros.

E ela havia.

Mesmo pequenina ela havia.

Estava uma escuridão e era noite.

Ninguém sabia como isso havia acontecido mas havia.

Estava uma escuridão e era noite e não havia iluminação.

Era um país engraçado, havia montanhas mas eles não montavam, o que realmente havia era um monte de água e no meio daquela água toda havia um rio.

Pode acontecer bem assim.

No dia seguinte era feriado Francisco e Florzinha tinham um irmãozinho.

Eles cantavam esta canção.

Venha vaga-lume e acenda o nariz do bebê.
Venha vaga-lume e acenda o nariz do bebê.
Venha vaga-lume e acenda o nariz do bebê.
Venha vaga-lume e acenda o nariz do bebê.
Então estavam todos felizes juntos.

Então um dia era segunda-feira todos se perderam e não havia nada para comer além de capim, assim todos comeram capim. Sabiam que o capim crescia, sabiam que havia muitos tipos de capim e eles não gostavam de nenhum tipo que crescia.

Bem, estar perdido sempre transforma tudo em ontem que era domingo e assim isso foi o fim disso. Mas ainda assim ainda havia aniversários.

Francisco nasceu num dia assustador porque houve um terremoto naquele dia. Florzinha nasceu num dia terrível porque estava tão quente que a manteiga derretia, e para o bebê foi bem melhor, ele nasceu num dia mais úmido do que qualquer outro dia mas ainda assim úmido é melhor do que os outros dias.

Eles, nenhum deles, jamais podem fazer aniversário em outro dia.

E agora G vem depois do **F**. O que você disse eu disse que **G** vem depois do **F**. Seja como for ele vem.

G é George Gus Geleia e Gertrude.

Ninguém é tão rude

Que se esqueça da Gertrude.

George sabia tudo sobre trovão e raio mas sempre se sentava.

Ele se sentava quando via o raio e se sentava quando ouvia o trovão. Não porque ficasse com medo mas porque gostava de se sentar.

Ele se sentava com um Esgar.

Isso significava que ele não gostava de trovão e que não gostava de raio.

Ele gostava de dizer que era rápido como um raio. Ele gostava de dizer que rugia feito um trovão.

Assim era George.

Engraçado como você disse trovão e raio quando é o raio que vem primeiro e não o trovão.

Quando era um menininho o George foi embora. Para onde ele foi, ora, ninguém sabe dizer mas nunca mais se viu o George de novo.

George tinha o cabelo grisalho quando era um menininho mas estava tudo bem, afinal o cabelo pode ficar grisalho numa única noite também e o do George ficou. Se isso o fez ir embora ou não ninguém sabe até agora.

Antes de ir embora George deu seu gato sem demora. Ele tinha mais de um gato mas foi só um que ele deu. Isso talvez porque o nome do gato fosse Nenhum.

Vem cá de uma vez Nenhum George costumava dizer e o gato ia e seguia George por aí e ele nunca teve nenhuma dúvida de que George era George. Então o cabelo do George ficou grisalho e o gato Nenhum começou a se afastar.

Qualquer coisa pode preocupar um gato e o Nenhum estava preocupado de fato.

Se George tivesse uma outra data de aniversário tudo seria diferente mas ele fazia aniversário no Dia do Otário. E ele chorou quando nasceu e disse eu não queria ter nascido no Dia do Otário e abriu um berreiro o dia inteiro e talvez ele sempre chore um pouco todos os dias.

Por isso talvez seu cabelo tenha ficado grisalho porque ele chorava um pouco todos os dias e ele fazia aniversário no Dia do Otário.

Mesmo assim ele foi embora e antes de ir embora ele deu seu gato só um o Nenhum.

Seu cabelo era grisalho e ele foi embora e ele era um menininho e seu cabelo era grisalho e ele nasceu no Dia do Otário e agora foi embora. Ele era um menininho e seu cabelo era grisalho e ele nasceu no Dia do Otário e agora ele foi embora agora e antes de ele ir embora ele deu seu gato só um o Nenhum.

A única coisa que ele levou consigo quando ele foi embora foram cinco gostosos biscoitos caseiros. Sua mãe quando fazia gostosos biscoitos caseiros sempre fazia doze deles. Haviam comido sete deles e sobravam cinco e então ele pegou cinco deles com ele e foi embora.

Como vai você ele disse para si mesmo quando foi embora. Muito bem obrigado ele disse para si mesmo enquanto ia.

Antes de ele partir para longe os cinco gostosos biscoitos caseiros foram esfarelados e os passarinhos vieram e os levaram embora de George cujo cabelo era grisalho e fazia aniversário no Dia do Otário.

George estava sempre a ponto de não fazer nada e ele gostava de fotografar. Ele não podia fotografar os biscoitos porque eles tinham sido levados então ele fotografava trovão e raio. Primeiro ele fotografava o trovão e então ele fotografava o raio e então ele se deitava para dormir embaixo de uma grande árvore. Uma árvore grande não tem raízes como uma árvore pequena tem. Uma grande árvore que cresce tão alto que ninguém pode pendurar nela suas roupas para secar, suas raízes são diferentes das raízes de uma arvorezinha. Ela fica fincada na terra mas é tão grande e redonda que nada pode sacudi-la, até mesmo se ela crescer mais e mais alto como o céu. Pense nisso e tente isso, um menino gordo é mais difícil de sacudir do que um menino magro e George era um menino magro então ele a sacudiu bem como a corrente de um rio, por isso os cinco gostosos biscoitos caseiros se desmancharam, por isso o seu cabelo ficou grisalho, por isso ele nasceu no Dia do Otário por isso ele foi embora e por isso ele deu o seu gato Nenhum. Ele era tão magro que estava sempre tremendo e então ele foi dormir debaixo da maior árvore que podia existir e seria mais segura e não tremeria. Nem mesmo com um terremoto algum dia.

Pobre George, aos pouquinhos ele dormiu um bocado e ele nem por isso ficou molhado, ele tremia tanto que nem a chuva podia cair nele e ele tremia tanto que ficou tão magrinho que não poderia nunca ter um gêmeo.

Mas que nunca seja esquecido que ele gostava dos galhos das árvores que estavam apodrecidos, ele era tão magro que eles não conseguiam cair em cima dele, seu cabelo estava grisalho porque ele era tão magro e agora ele foi embora porque ninguém podia encontrá-lo porque ele era tão magro e ele gostava de trovão e raio porque ele era tão magro, eles não podiam fazer nada com ele e ele cresceu mais magro e mais magro ainda e seu cabelo ficou mais grisalho e mais grisalho ainda e a árvore grande ficou maior e maior ainda e três vezes três igual a vinte e mais frequentemente e mais frequentemente ainda e o raio e o trovão ficaram mais sonoros e mais sonoros ainda e o gato Nenhum estava morto era fato e os deliciosos biscoitos caseiros estavam longe, os passarinhos haviam levado os biscoitos e o que George podia fazer ou dizer, ele podia tirar uma foto por dia mas isso só não bastaria para pagar sua estadia, ele não podia pagar, pobre George pobre querido George magricelo pobre querido George magricelo e grisalho pobre George ele foi embora e não se pode dizer mais nada pobre George magricelo e grisalho ele era um menino magricelo e grisalho e ele não tinha nenhum brinquedo e não tinha nenhum divertimento e o raio e o trovão ficaram mais claros e mais sonoros e a grande árvore ficou maior e ele ficou mais magro e logo bem logo, e não havia meio-dia nunca há se você nasce no Dia do Otário, não havia meio-dia nenhum meio-dia e logo e de todo modo o George querido George começou aos poucos a desaparecer aos poucos desaparecer, no Dia do Otário ele teve que nascer, ele era grisalho e era esquálido e foi embora e ele sabia tudo sobre raio e trovão ele estava debaixo da maior das maiores árvores e não era de se espantar, George George não era de espantar o raio e o trovão George que tinha nascido no dia do Otário despareceu na mesma ocasião.

DEPOIS do G vem o H de Henrique.

Henrique e Haroldo e Henriqueta e House.

Haroldo foi o último dos reis saxões.

Henriqueta a Escrevente, Yetta de Blickensderfer e o Sr. House.

Henriqueta era uma máquina de escrever francesa Yetta era uma máquina de escrever alemã e o Sr. House era uma máquina de escrever norte-americana e todas elas viviam juntas, elas clicavam juntas apenas o Sr. House fazia menos barulho.

Eram ao todo três máquinas e trabalhavam todo dia e nada tinham a dizer e era assim que isso era.

A natureza nunca dorme.

Foi isso que a pequena máquina a máquina de escrever Henriqueta a Escrevente disse a si mesma A natureza nunca dorme, mas disse Henriqueta a Escrevente eu não sou natureza porque quando eles me deixam sozinha eu durmo, eu sempre posso dormir, gostaria de poder assar biscoitos, gostaria de poder plantar árvores, gostaria de poder preparar costeletas de carneiro, gostaria de morar numa avenida de couves-flores gostaria gostaria disse Henriqueta a Escrevente e assim ela clicou e ela disse A natureza nunca dorme, e ela dormia. Yetta von Blickensderfer disse eu sou a natureza porque eu durmo com um dos olhos um dos olhos um dos olhos, disse Yetta von Blickensderfer e se você dorme só com um dos olhos você nunca pode chorar.

Essas duas máquinas de escrever eram bem pequenas você podia carregá-las por aí e Yetta von Blickensderfer ficava muito orgulhosa quando a carregavam por aí, ela sempre mantinha um olho aberto quando a carregavam por aí, mesmo quando a colocavam em uma estante alta ela nunca se perdia ela sempre manteve um olho aberto mesmo quando a porta do armário estava fechada.

Henriqueta a Escrevente não era assim, ela disse A natureza nunca dorme mas uma adorável Henriqueta a Escrevente dorme muito bem, ela também gostaria de viver em algum lugar mas

não queria viver em uma avenida de couves-flores, ela gostaria de viver na Rua Melão, e ela gostaria de comer rabanetes e ela gostaria de comer saladas e ela gostaria de comer peixe frito e sopa. E quando a carregavam por aí e como ela era uma máquina pequena era própria para ser carregada por aí ela sempre fechava os dois olhos bem apertado e sempre fazia algum chiado de um jeito bem agitado, e então ela sempre desejava que estivesse iluminado se a pusessem em uma estante mas se não estivesse iluminado ela disse Está tudo bem, tudo bem se nem está enluarado e ela caiu no sono com os dois olhos bem apertados.

Mas o Sr. House era diferente já que ele era uma supergrande máquina de escrever, ninguém conseguia carregá-lo por aí, só conseguiam cobri-lo com uma capa.

Isso era o que o tornava um companheiro tão adorável. Eles não podiam carregá-lo por aí mas eles apenas podiam cobri-lo e descobri-lo.

E assim, Henriqueta a Escrevente e Yetta von Blickensderfer lá no alto da estante tão alto que ambas pensaram que iriam morrer se nunca mais vissem o Sr. House outra vez. Elas sabiam que veriam e Henriqueta cacarejou como uma galinha, ela sabia que morreria se não tentasse ver o Sr. House a máquina de escrever norte-americana outra vez. E Yetta iria gemer e ranger e ela sabia que ficaria tal qual uma pedra se ela nunca mais pudesse ver nunca nunca nunca pudesse ver o Sr. House a grande máquina de escrever outra vez.

E assim ali estavam eles e em todos os lugares não havia ninguém, e assim eles iriam eles poderiam eles podem eles farão eles fá-lo-iam eles não o fariam eles não podem eles talvez possam se eles, como só eles, de repente ouviram uma voz dizer: assim vocês são e ali estavam eles como ali estavam.

Dia terrível, terrível, para estar como eles estavam.

A natureza nunca dorme, disse Henriqueta.

Esqueça, esqueça disse o Sr. House

Ainda não disse Yetta.

E então ela sentiu-se melhor.

Mas Henriqueta sabia e o Sr. House sabia que quando o galo canta e a coruja pia deveria ser domingo e um novo dia.

Bem muito bem segunda-feira vem depois de domingo.

Como sou linda, disse Henriqueta, que nem nasci ainda.

O Sr. House disse numa voz perfeita uma máquina de escrever não nasce ela é feita, e mesmo que sempre insatisfeita, ela é feita.

Oui, oui, disse Henriqueta *oui, oui.*

Ja ja disse Yetta ah.

E o Sr. House já não disse mais nada, porque ele não era chato e seria um carrapato se não tivesse ficado com a boca fechada, de fato.

Fato Fato Fato.

Fecha ah fecha a porta.

Está fechada disse Henriqueta.

Ainda não disse Yetta.

E então as três máquinas de escrever foram para Guerra, elas disseram que iriam, elas iriam elas disseram.

Henriqueta caiu da estante.

Yetta foi ali deixada toda sozinha.

O Sr. House rápido como um rato ouviu um ruído, ele não foi ajudar porque ele pensou que havia ouvido um ganido e havia, mas não foi um rebuliço, Henriqueta havia caído da estante mas não foi um furdunço, ela só disse que iria fazer um alvoroço e fez, e o Sr. House rápido como um rato a cobriu com sua capa, claro que ele tinha uma, a capa o cobria todo, e assim estavam eles todos o Sr. House e Henriqueta e era justo que estivessem nisto, e Yetta toda só em sua estante não sabia cuidar de si, só se sujou e chorou e quando alguém tentou fazer suas teclas funcionarem elas travaram de vez, e assim não, não havia jeito, sem jeito era aquilo tudo, ela bem que poderia ter sido um gato, e o Sr. House se deu muito bem e assim também Henriqueta que adorava parecer bem quando disseram que ela diria como cair de uma estante sem se machucar muito, foi muito divertido contar tudo para todo mundo.

Assim ali tudo começou e terminou antes mesmo de ter começado e todo mundo está armado e ninguém tinha escapado e isso é o significado da guerra e agora não há ninguém, a todos muito obrigado.

E o I SEGUE O H, não parece muito justo mas é assim o H então o *I* é assim H e então *I*, *I* mais H faz Ih.

I é Inca Isaac Irresistível Inês.

Isaac dizia que ele era melhor mas será que era. Isaac dizia que se sentia melhor mas será que se sentia. Isaac dizia que crianças deviam ser vistas e não ouvidas mas será que não deviam. Isaac dizia que oitenta é mais do que quatro mas será que é. Isaac dizia que tinta é mais preta do que azul mas será que é. Isaac dizia que as pontes são mais molhadas do que as nuvens mas será que são. Isaac dizia que a água é mais úmida do que bonecas mas será que é, Isaac dizia que o sim é mais rápido do que o não, mas será que é. Isaac dizia que manteiga é mais branca do que a neve mas será que é. Isaac dizia que as folhas são vermelhas, mas será que são; Isaac dizia que tinha lido que estaria morto se tivesse saído, e dizia que dizia mas será que teria. Isaac dizia que era melhor ser vermelho do que azul mas será que é. Isaac dizia que o relógio pararia se você dissesse bom dia bom dia, mas será que pararia. Isaac dizia que tinha encontrado uma cabeça e quando encontrou uma cabeça ele bateu nela, mas será que bateu. Isaac dizia que mudava o que dizia de modo que voltava atrás e nada mais, mas será que dizia. Isaac dizia que uma chance de casar viria se ele visse alguém mas será que viria. Isaac dizia que seria engraçado se ele ficasse toda a noite acordado mas será que seria. Isaac dizia que se sentia como um chumbo, mas será que se sentia. Isaac dizia que quando ele corria ele sempre se ia, mas será que se ia. Isaac dizia não tem de quê não tem de quê, e então Isaac dizia tudo é todo tudo é todo e Isaac dizia eu sou muito alto mas será que ele é.

J

Claro que o **J** vem depois do *I*, vem claro que vem o **J**. Jota faz Jacu, um pássaro que quando vem ele come frutos e dedinhos polegares. Claro que ele vem, ele é cinza e negro e gostaria de ser todo negro porque ninguém o reconheceria se ele fosse negro claro que eu estava pensando em um chupim. Mas **J** faz outros nomes faz João, José, Jade e Júlia e ninguém mais pode pedir mais.

Mas e sempre deve haver mais do que um deve sempre haver quatro, não mais, só quatro. **J** é também justo, justo se, justo por que, justamente justo, bem bem.

Mas afinal bem bem e você nunca diz a ninguém se é legal ou se é só bem mal. Bem, de qualquer jeito, o *I* vem antes do **J**. É fato, é assim o *I* vem mesmo antes do **J** mesmo que haja um **J** para jorrar como há em justo, não em susto mas em justo.

Assim então dizer que o *I* vem antes do **J** nos lembra que *I* faz Íris.

Íris era íris, ela era Íris por nome e Íris pela natureza e ela nasceu no dia cinco de agosto, que dia adorável para fazer aniversário, o dia cinco de agosto, é tão quente nunca é frio e a ninguém jamais se precisa dizer que é frio porque nunca é frio.

E assim Íris era Íris por nome e Íris por natureza e ela era cálida como agosto e pequena e roliça como um 5, e lá estava ela e o que aconteceu a ela? Bem, ela se apaixonou por um rei. Ele era um rei lindo e assim ela se apaixonou por ele.

Não serve para nada ser um rei lindo se um rei é um rei lindo bem, aqui fica o fato findo.

E assim Íris se apaixonou por um rei lindo e de fato fica aqui o fato findo.

Mas ela fez isso ela se apaixonou por um rei lindo e ele era um rei e ela estava apaixonada por ele e ele era lindo e ela estava apaixonada por ele.

Assim ela disse que iria sentar-se em casa e ficar apaixonada por um rei lindo. E ela o fez ela sentou-se em casa e ficou apaixonada por um rei lindo. E isso foi tudo e ele era lindo e ele era um rei e ela ficou em casa e ela estava apaixonada por ele.

E ele veio vê-la sim veio e disse eis que aqui estou e ela disse sim, e ele disse eis que aqui estou o tempo todo e ela disse sim, e ele disse sou um rei e ela disse sim e ela disse sim e um rei lindo assim.

Bem até então ele sabia que era um rei mas não sabia que era um rei tão belo. E por fim ela disse sim e tal rei lindo assim. E então todo mundo disse sim e um rei tão lindo assim e então alguém disse deveria um rei ser um lindo rei deveria um rei ser tão lindo assim e logo todos diziam deveria um rei, todos diziam, deveria um rei ser um lindo rei, deveria um rei ser um rei tão lindo, e Íris disse sim, e todos os demais disseram não e o rei não disse nada então, nenhum rei jamais diz, e então um dia, bem, isso aconteceu um dia ele não era rei e ele foi e viu Íris que estava sentada e ele disse eu não sou um rei, e ela disse e um rei tão lindo, e ele disse um rei tão lindo e ela disse um rei tão lindo e assim eles disseram sentemo-nos e eles sentaram-se e Íris disse sim um rei tão lindo e o rei disse sim e Íris disse sim e ambos inalaram ternura e era dia cinco de agosto e muito quente e era o dia em que Íris havia nascido e era seu aniversário e o rei não tinha um, ele havia tido um quando era rei mas agora ele não era rei ele não tinha um. Mas de qualquer modo Íris tinha um, e quando dois são como um então um é um, e Íris e o rei tinham iniciado e nunca souberam que dois são um e a única coisa que souberam era que o dia cinco de agosto era quente. O que naturalmente ele é.

E assim H. I. J. você deve dizer h i j para ter certeza de que J vem depois de I e que vem vem mesmo.

Era uma vez dois irmãos e duas irmãs: João, José, Jade e Júlia, eles costumavam brigar para saber quem era o maior de todos, eles costumavam brigar para saber quem era o mais velho de todos, eles costumavam brigar para saber quem era o mais alto de todos, eles costumavam brigar para saber quem era o menor de todos e quando eles brigavam eles costumavam dizer que um iria fazer desaparecer o aniversário do outro. E um dia fizeram, isso foi mesmo o que eles fizeram.

Um dia cada um deles havia feito o dia do aniversário do outro desaparecer e ao final daquele dia nenhum dos quatro tinha um dia de aniversário, eles tinham mil coisas para fazer mas não tinham, ao final daquele dia, eles simplesmente não tinham, nenhum deles, eles simplesmente não tinham um dia para fazer aniversário.

Aí eles pensaram sobre o que deveriam fazer. Não havia motivo para continuarem brigados, cada um deles havia desfeito o dia do aniversário do outro e agora todos os quatro não tinham nenhum, porque cada um deles, tão logo havia desfeito o dia do aniversário do outro e mais tarde, quando todos queriam seus dias de aniversário de volta outra vez, eles saíram para procurá-los mas eles haviam desaparecido talvez um pato ou uma lagosta os tivesse comido, de qualquer modo, todos os quatro dias de aniversário já não existiam mais e ninguém mais tinha um.

Eles decidiram anunciar que pagariam a qualquer um que lhes trouxesse seus dias de aniversário de volta ou, se não fossem os mesmos dias, que trouxessem qualquer outro dia. Mas o engraçado foi que ninguém respondeu e evidentemente não havia nenhum, nenhum aniversário para trazer e assim João e José e Jade e Júlia não tinham nenhum entre todos os quatro não nem mesmo um.

Então eles lembraram que haviam ouvido falar que havia dois cachorros Insone e Soneca e que talvez enquanto o Insone estava latindo e o Soneca estava dormindo eles pudessem ter levado os aniversários embora. Eles foram, lá foram eles com muito cuidado enquanto o Insone estava latindo e o Soneca estava dormindo e tiraram os aniversários que estavam com os cachorros. E de fato Insone e Soneca não se importaram muito, nem mesmo quando perceberam que seus aniversários haviam ido embora mas, e isto é outra história, havia quatro crianças João, José, Jade e Júlia e só havia dois aniversários para os quatro e eles brigaram ainda mais do que antes e logo rasgaram os dois aniversários em pedacinhos e agora havia seis sem dia de aniversário: João e José e Jade e Júlia e Insone e Soneca e seis sem dia de aniversário é uma porção de gente.

Eis a situação.

Por fim, estavam todos tão cansados que deitaram para dormir menos o Insone e o Soneca, claro, e quando eles dormiram eles sonharam, eles sonharam que atravessando um enorme rio, talvez até fosse o Mississipi, a uma milha de profundidade todo dia havia dias de aniversário para a gente escolher e assim todos os quatro, João e José e Jade e Júlia começaram a nadar até o lugar em que não ter um dia de aniversário não era um problema. Naturalmente o Insone e o Soneca não tentaram atravessar o rio e quando as crianças tentaram os quatro se afogaram, claro que se afogaram, não tinham aniversários e assim, claro, eles se afogaram e o sono do Insone e o sono do Soneca foram tranquilos e os dias de aniversário nunca foram encontrados já que não havia nenhum deles por ali. E este é o fim de uma triste história.

Então depois do J vem o K

. K é simplesmente o K, parece diferente é bem diferente é K.

K é Kiki, Kelly, Kiwi.
Sra. beijos sem.
Ora beija bem.
Sra. beijos sem.
Ora beija bem.
Kelly, Kelly Leitão
Que confusão
Que confusão
Kelly Leitão.
Kelly Leitão era chamada
Kelly Leitão era sua jogada
Kelly Leitão era afamada
Kelly Leitão e mais nada.
E agora então
Quão
E agora então.
Kelly Leitão sabia como fazer cocada.
Ela fazia.
Kelly Leitão sabia fazer carinho
Ela fazia.
Kelly Leitão conhecia Kiki Leitão.
Kiki Leitão conhecia Kelly Leitão
E era gelado e era assim
E eram tâmaras e estava nevando.
E então de fato Kelly Leitão comeu um bocado.
Tudo parece raro mas é mesmo bem caro.
Grana dada dá cocada.
Kelly Leitão suspirava.
Um suspiro incomum.
Ela adorava seu aniversário.
Simplesmente adorava.
Seu aniversário era no dia quinze.

Depois disso era no dia vinte e um
E depois disso era no dia primeiro.
Sempre no mesmo mês sempre no mesmo ano e isso era estranho.
Necessário mas estranho.
E para escutar agora
O que Kelly Leitão tem a dizer.
Ela fica em pé num banco que estava num canto.
Ela se inclina na mesa com certa destreza
Ela lê um gibi que achou por ali
E ela fez isso aí para saber de você.
É assim que se faz.
Ela disse isso foi assim foi o jeito que foi feito
Ela disse eu e saiu para o mar
Ela disse bem e toda prosa tirou as penas da penosa
Ele disse talvez eu possa patinar
E ela sabia o que mais havia
E ela dizia este dia sim este dia,
Sim este dia faz outro dia.
Bem ela dizia outro dia bem outro dia foi o meu dia.
Todo mundo ficou surpreso.
Eles bem podiam ficar.
E além disso
Bem por hora basta dizer agora e Kelly Leitão disse.
E tem-se o bastante para comer
E Kelly Leitão comeu tudo
E tem-se o bastante para saber
E Kelly Leitão sabia de tudo
E tem-se o bastante para ruminar
E Kelly Leitão ruminou.
Quem sabe o que a vaca faz.
Uma vaca rumina seu capim sim.
Quem sabe o que Kelly Leitão faz.
Ela faz e ela foi.
Foi então
Kelly Leitão.
Oh céus quase não sabem de nada.

Isso foi o que quase foi.

Quase não saber de quase nada.

Kelly Leitão corou de animação.

Kiki Leitão fez isso de irritação

E Kiwi Leitão disse vamos então.

Ninguém veio o que foi muito feio,

E bem no meio,

Bem quase assim foi enfim,

Kelly Leitão voou, voou bem no horário do abraço de seu aniversário.

Pelo bem dos deuses é o que tinha a ser dito é o que se dizia no seu dia favorito

Mas Kelly Leitão disse nem esquento. Tinha esse talento, o talento de dizer nem esquento.

E isso era quase que nada

Mas ela fez aniversário,

É certo que ela fez aniversário

É certo É certo que ela fez aniversário.

É certo É certo É certo.

É certo

É certo que fez aniversário.

E ninguém disse o que.

E ela sim o fez.

Fez seu aniversário

Em que dia

No primeiro dia.

Em que mês

No terceiro mês

Em que ano

Nenhum ano

Bom plano.

Lembre-se que isso é estranho.

É com certeza

Acredite nisso ou não é certo.

E Kelly Leitão podia ficar zangada

E ficou

E isso é tudo que se tinha sobre isso.

L vem depois do K

Goste ou não goste o L vem.

L é Lisa-Lucas, Largar e Levantar.

Bem, você entendeu.

Esta é a triste história de Lisa-Lucas.

Lisa que sempre achou tudo uma brisa.

O dia do último aniversário de Lisa para o Lucas.

Quando ele disse Vem ela sempre veio

Quando ele disse Vá ela sempre vai

Vem vem, ele disse, e ela veio

Vá vá, ele disse, ela foi

E ele diz vem vem e ela veio

E ele diz vai vai e ela foi

E isso faz doer os dedos do pé

E lhe irrita o nariz

Mas ainda assim quando ele diz vem ela veio vem

E quando ele diz vai ela foi.

E este foi o último aniversário de Lisa para o Lucas.

Qualquer galinha faz aniversário, parece engraçado dizer isso mas qualquer frango tem um dia de aniversário ou quaisquer galinhas ou qualquer lírio, e isto é especial.

E qualquer galinha qualquer frango e qualquer lírio têm seu último aniversário. Às vezes eles dizem que terão seus últimos aniversários todos juntos, o frango come o lírio, o lírio ama a galinha a galinha ama o lírio e todos dizem quando e Lucas come o frango e o frango disse quando e o lírio, o lírio-tigre, o lírio-branco, o lírio-da-chuva, o lírio dobrado, o liriozinho de Lucas teve seu último aniversário e disse quando.

Assim poderia ter sido mas foi isso então, a galinha estava mas não o frango, Lucas estava mas não o lírio, o lírio era pequeno e um lírio-branco e cheio e no meio, assim era como a galinha era a galinha era pequena e branca e cheia e comeu o lírio do Lucas e foi

50

assim que foi. Assim o lírio o liriozinho de Lucas teve seu último aniversário.

Seu primeiro aniversário foi difícil de acompanhar porque ele não quis se mostrar e foi bem devagar mas o último aniversário foi fácil de ver porque o lírio estava muito ocupado esperando um dia nevado e assim era fácil de ser notado.

Agora quando foi o último dia de aniversário do lírio – qual é de fato o dia exato.

Antes não fosse disse Lucas.

Ele queria dizer que ele preferiria que o liriozinho não tivesse um dia de fazer aniversário. Ele preferiria que não. Isso é o que ele queria dizer quando ele disse antes não fosse, e ele disse mesmo antes não fosse.

Mas o liriozinho tinha um dia de aniversário ainda assim ele não tinha um nome todos simplesmente o chamavam de liriozinho o que ele de fato era mas ele não tinha um nome nenhum nome real nenhum nome que todo mundo pudesse saber que era um nome mas ele tinha um dia de aniversário. Você pode ter um dia de fazer aniversário sem ter um nome e o liriozinho tinha feito bem isso tinha um dia de fazer aniversário sem ter um nome e assim ninguém pode entender por que Lucas olhando para baixo para as mãos disse Antes não fosse. E então, que triste, o que viu Lucas quando olhou para suas mãos, ninguém consegue entender o que ele viu quando olhou para as mãos, ele viu que havia arrancado o lírio o liriozinho rechonchudo, o lírio-branco e cheio e o tinha nas mãos.

Ninguém consegue entender.

Oh céus.

M E N ESTÃO NO MEIO do alfabeto um um termina no meio e o outro o outro começa no meio e eles não têm a menor ideia se deveriam se olhar ou não. Eles não estavam prontos, um olhava para um lado o outro olhava para outro lado.

Então de algum jeito M era Marcelo, Marcella, Miriam e Martin e N era Nero, Nina, Nicole e Ney.

Bem qual era dito ou proscrito.

Qual era.

Bem para começar.

Masculino é e era masculino e será.

Em quê.

Em um minuto.

Não mesmo.

Não o quê

Não mais do que um minuto.

Madagascar

Por favor feche a melhor parte de uma metade num carro.

E isso é o que eles queriam dizer.

Gosto disso quando se inventa que vinte mais vinte são quarenta.

Espero que você entenda.

Então escutem bem.

Marcelo é o nome de um menino e Marcella é o nome de uma menina.

Tem que ter um bom olho para ver que uma menina tem um *l* duplo e um menino tem somente um *l*.

Precisa de um olho bom um olho vivo ou um olho lento mas precisa de um olho. Um ouvido bom um bom ouvido também mas não é o bastante, há que se ter um olho.

Marcelo e Marcella iam ver uma abelha casar. Uma abelha casar é para onde você vai olhar e quando você vê você diz será comigo que ela vai casar.

Marcella e Marcelo não se viram antes mas quando atravessaram a porta ele disse ela é para mim e ela disse ele é para mim.

Então eles se casaram e tiveram dois filhos Miriam e Martin.

Então eles eram quatro e quando os quatro estavam lá era hora de alguma coisa acontecer.

E de fato.

Os pássaros começaram a cantar

Cantavam como ninguém.

E então eles pararam e se sentaram de repente.

E por que, porque eles viram um morcego ali na frente,

O primeiro morcego da estação

Um morceguinho preto querendo se passar por um passarinho.

E então os passarinhos pararam de cantar e um morcego não sabe cantar

Esse foi o momento para Martin e Miriam começarem.

Eles começaram.

Nesse meio tempo Marcelo o pai e Marcella a mãe começaram a chacoalhar.

Foi o morcego que os fez se sentirem assim o primeiro morcego da estação.

E então logo Marcella a mãe e Marcelo o pai viram um pirilampo e isso foi um rebuliço.

Então tudo acontecia enquanto entardecia.

Lá em cima no céu bem no alto alguma coisa voava e não era um pássaro não era um morcego e não era uma esfera, era um avião isso é que era.

Por favor Sr. Avião leve-nos para voar disseram Martin e Miriam quase a ponto de chorar.

Mas Marcelo o pai disse não com firmeza, é melhor pensar do que voar, tenho certeza.

Martin e Miriam foram embora sem dizer nada por ora, mas eles sabiam oh como sabiam que isso aconteceria algum dia bem lá no alto no ar como um pássaro eles iriam voar.

Papai Marcelo e mamãe Marcella disseram muito bem, é sempre necessário que se diga muito bem, e papai Marcelo já esteve lá no alto também. Papai Marcelo sabia de tudo e disse basta já basta. E

mamãe Marcella sabia de tudo e disse basta já basta mas Miriam e Martin não sabiam de nada e então disseram não basta um já basta, não sabemos quanto basta.

E então enquanto mamãe Marcella e papai Marcelo estavam dormindo e sonhando Miriam e Martin estavam sonhando e estavam acordados e disseram melhor do que bolo seria sentar e nadar na lua e sentar nas nuvens e ter um esboço, cortinas de céu no almoço e disseram oh que colosso, que grande alvoroço.

Eles não estavam dormindo estavam sonhando e de repente lá estava descendo um avião pousando e logo souberam que eles estavam lá. E todo mundo disse sai rápido, pegue uma sombrinha chame-a de cerca e abra-a bem rápido e embaixo chegarão na neblina que é densa e será como uma sopa num minuto e depois então vocês acordarão num minuto.

Era muito provável que nada acontecesse muito provavelmente, muito provável é claro, era muito provável que fosse o papai Marcelo e a mamãe Marcella que estivessem acordados e sonhando e Miriam e Martin que estivessem dormindo e sonhando, muito provável. Então eles tinham o dia seguinte.

E agora estava para acontecer uma grande festa porque era o aniversário de todo mundo.

Dia dezoito de abril era o aniversário de todo mundo.

Todo mundo gostava de ter nascido no mesmo dia pois era mais econômico. Se o pai e a mãe e o irmão e a irmã nascessem no mesmo dia seria muito mais econômico, porque então o bolo de aniversário poderia ser feito no mesmo dia, a festa poderia ser feita no mesmo dia, os presentes poderiam ser dados no mesmo dia, seria muito mais econômico, e então para ser econômico Marcelo o pai e Marcella a mãe e Miriam a filha e Martin o filho nasceriam todos naquele exato, naquele exato mesmo dia.

Se você acha que isso agradou todo mundo está enganado.

Não agradou.

Não agradou a Miriam para começar.

Não agradou o Martin para começar.

Não agradou a Marcella para começar.

Não agradou o Marcelo para começar.

Não agradou isso é o que parece ter acontecido se você a tudo der ouvido.

Não agradou ninguém.

Apesar disso estava feito, todos eles nasceram no mesmo dia e então o que aconteceu. Bem o que aconteceu o que aconteceu foi isso o dia dezoito de abril estava acabado antes que eles todos tivessem nascido e todos estavam tão exauridos, tão exauridos de ter nascido, que quando ouviram os passarinhos cantando e o morcego voando e o avião zumbindo, eles simples simplesmente desistiram, todos estavam tão exauridos com o fato de ter nascido, ninguém teria festa ou bolo ou presentes ou nada, simplesmente não teria. E então você vê que foi bem econômico porque como todos nasceram no mesmo dia e todos estavam também bem exauridos de ter nascido no mesmo dia para continuar fazendo aniversário eles simplesmente não fizeram nada e isso é muito econômico.

E agora a primeira metade do alfabeto terminou e a segunda metade vai começar.

Nero Nina Nicole e Ney.

Há vinte e seis letras no alfabeto e metade de vinte e seis é treze e treze é um número azarado, claro que, se alguém não consegue esperar e está com pressa para nascer e simplesmente não aguenta mais esperar até o dia quatorze ou se alguém é sempre um pouco lento e não conseguiu ter nascido no dia doze, não há nada a fazer apenas fazer o que se fez que foi ter nascido no dia treze, e já que o alfabeto tem vinte e seis letras ele tem duas vezes o treze e você pode perceber que elas ficaram preocupadas em serem azaradas e assim se chamaram M e N. Qualquer um muito bem qualquer um saberia que M e N são azarados. Você já deve ter ouvido a triste história de Marcelos e Marcellas e Miriams e Martins e agora é o N e há a triste história de Nero e Nina e Nicole e Ney.

É bem triste, eles não podiam mesmo ser felizes é bem triste, M é bem triste e N é bem triste e eles não podiam mesmo ser felizes e claro que foi porque foi porque aquele alfabeto em vez de ter vinte e oito letras deu um jeito e ficou com vinte e seis e a metade de vinte e seis é treze, e metades são sempre duas e assim enfim N e M tinham que ser treze e nenhuma delas pode ser um rei nem uma rainha nem um pássaro nem uma vaca nem uma galinha nem uma linha nem uma casinha nem um gato nem um rato, elas simplesmente tiveram que ser treze, não deu para ser um sapato.

M treze e N treze e treze é treze e oh céus. Quem será que disse oh céus.

Nero disse oh céus e Nina disse oh céus e Nicole disse oh céus e Ney disse oh céus e todos disseram oh céus e disseram de novo e de novo.

Oh céus disseram eles oh céus.

E eles acharam muito difícil não dizer sempre oh céus. Eles simplesmente sempre disseram oh céus.

Oh céus.

Bem lá estavam eles Nero e Nina e Nicole e Ney e todos estavam dizendo oh céus.

Tudo era culpa do alfabeto por ter vinte e seis letras com a metade disso sendo treze.

Assim disse Nero e Nina e Nicole e Ney, assim se temos que ter И, que todos dizem que é mesmo assim, e sem dúvida И é o que é, bem disse Nero e Nina e Nicole e Ney, já que И é o que é, deixem-nos ser tão terríveis quanto possível, deixem-nos ter nascido no dia treze só para seguir o И que faz Nero e Nina e Nicole e Ney e deixem-nos nunca ter que ir para a cama dormir.

Todos disseram Sim, deixem-nos nunca ter que ir dormir, deixem-nos nunca nunca ter que ir para a cama dormir, Deixem-nos ter nascido no dia treze e deixem-nos nunca ter que ir dormir.

Eles decidiram isso e foi muito sábio decidirem fazer isso porque vamos supor que eles tivessem dito que iriam para a cama. Bem, vamos supor que eles tivessem decidido ir para a cama, teria sido um grande drama, estariam todos na lama, é o que teria acontecido.

Oh céus, o que teria acontecido, é isso mesmo isso o que teria acontecido. E assim nada ocorreu porque pelo programa eles não foram para a cama.

Cada um deles cada um de uma vez se levantou em vez de ir dormir e todos começariam a contar e eles diriam talvez haja um engano, talvez segunda-feira seja domingo e talvez treze seja doze, talvez. E então um deles iria levantar-se bem devagar, você deve se lembrar que nenhum deles nenhum dos quatro tinha ficado na cama, e eles se levantariam e diriam, talvez diriam, oh céus, e então eles diriam, talvez tenham contado errado, talvez quarta-feira seja segunda-feira, talvez seja assim e talvez treze seja vinte e cinco talvez seja sim, e talvez sábado seja sexta-feira talvez seja sim e talvez И seja X talvez seja assim.

Eles seguiram nesse talvez isso talvez aquilo até que quase caíram no sono mas sabiam que haviam dito que nunca iriam para a cama e então o que podiam fazer? Eles podiam se levantar mas não podiam ir dormir e assim isso foi o que eles fizeram. E assim prosseguiram eles, Nero prosseguiu e Nina prosseguiu e Nicole

prosseguiu e Ney também e prestem atenção que eles fizeram uma canção:

Se sexta era segunda
E terça era domingo
Se quarta era sexta
E sábado era segunda
Se domingo era terça
E quarta era sexta

Quem poderia dizer qual era um dia de sorte e quem poderia dizer se havia mais que havia ontem, ou que havia menos do que havia sexta-feira.

Quem, eles perguntaram, quem sabe quando nós nascemos.

Quem sabe.

E o relógio cuco respondeu:

Quem sabe.

Quem sabe.

Então, disse Nero, eles disseram que os relógios falam, eles dizem as horas, se destruirmos todos os relógios ninguém saberá quando nós nascemos e poderemos dizer que não nascemos em nenhum dos dias que eles dizem. Sim, vamos – todos disseram – e cada um deles conseguiu para si um martelo e começaram a destruir os relógios até que alguém os viu e perguntou O que estão fazendo. Estamos destruindo os relógios, disseram Nero Nina Nicole e Ney. Mas por que O que fizeram os relógios e os meninos responderam Nós nascemos e não nascemos nós nunca vamos para a cama e não estamos na lama, já que os relógios estão sempre dizendo estão sempre acrescentando e estamos cansados de ouvir.

Você pode ver o que uma terrível letra И é, simplesmente uma letra terrível, e então, de repente, um reloginho começou, as horas ele não informou, ele tocou e Nero e Nina e Nicole pararam de martelar relógios e pararam de ouvir e o reloginho disse Vão dormir Vão dormir, e Nero estava com sono e Nina estava com sono e Nicole estava com sono e Ney estava com sono e, como o reloginho continuou dizendo Vão dormir Vão dormir, bem, eles foram eles simplesmente foram dormir e cada um tinha um pãozinho e se deitaram no travesseirinho da cama e não estavam na lama tinham fama e tinham sono e todos os seus problemas sumiram e eles se esqueceram de dizer oh céus, em vez disso eles disseram Que bom estar aqui e isso foi tudo que houve e eles se esqueceram do alfabeto e se esqueceram do treze e se esqueceram que tinham nascido e foram pegando no sono de mansinho imaginando que agora estavam comendo amora da hora e de outrora.

E este é o fim da triste história do N que não é tão triste quanto a história do M que é mais triste e mais terrível ainda, claro que é.

E agora tem o O.

O é claro não podia estar chateado só podia estar animado.
Orlando Olga Olmo e Osmar.

Acredite ou não eles tinham mesmo esses nomes. O sempre faz as pessoas ficarem assim.

Minha nossa disse Orlando não é lindo o vento nas árvores.

Você quer dizer nas árvores verdes disse Olga, oh sim disse o Olmo o vento nas árvores verdes. Você quer dizer disse Osmar o céu azul e o vento nas árvores verdes. Oh sim disse Orlando minha nossa não é lindo.

Bem quando estavam se acostumando com isso eles não puderam sossegar e se sentar eles tinham que correr para encontrar alguém.

Aquele disse minha nossa e Orlando disse eu disse minha nossa, e aquele disse bem o que faz você pensar que você disse minha nossa.

Orlando parou e disse eu não sei. Eu de fato disse minha nossa. Ele olhou ao redor para Olga e Olmo e Osmar e eles olharam para ele como se não o conhecessem.

O que disse Orlando eu não disse minha nossa. E ninguém disse nada.

Orlando estava confuso, será que ele disse minha nossa, será que ele disse minha nossa seria lindo ou ele não disse.

Bem de qualquer modo é lindo, o vento nas árvores era lindo, as árvores verdes e o céu azul será que ele disse as árvores são verdes e o céu era azul, será que.

Ele se levantou e olhou e a Olga e o Olmo e o Osmar olharam como se eles não o vissem.

Orlando começou a se sentir muito estranho.

Suponha disse Orlando que eu fuja daqui, iriam olhar para o lado como se não me vissem ali parado. Me pergunto.

E devagarinho Orlando foi embora e nem a Olga nem o Olmo nem o Osmar o seguiram.

Logo Osmar viu uma outra árvore e disse minha nossa o vento na árvore é lindo.

E ele olhou ao redor e achou que Olga estava lá e ela disse que o verde na árvore e Orlando disse sim o verde na árvore minha nossa não é lindo e ele olhou novamente e lá estava Olmo olhando para ele como se o tivesse visto e Orlando disse sim o vento na árvore verde nossa não é lindo e Olmo disse sim e o céu azul e Orlando disse sim minha nossa oh céus o vento na árvore verde contra o céu azul é lindo mesmo.

E Orlando olhou ao redor mas Osmar não estava em nenhum lugar e ele disse oh céus minha nossa oh céus eu bem que podia chorar tudo está tão esquisito.

Então Orlando foi embora sem dizer nada por ora e a Olga e o Olmo vieram depois e foram embora e não puderam ver que o Osmar estava lá também até que de repente ouviram uma algazarra e lá estava o Osmar em cima da árvore numa farra e eles não puderam nem dizer tchau porque Osmar fez uma farra tal que não havia razão para eles insistirem no tchau.

Então de repente Orlando disse para mim basta, todos vocês vão embora. Estou indo sozinho, vocês podem ir para casa se tiverem uma casa, Orlando começou a ficar muito amargo se você tem uma casa, eu disse, disse o Orlando, que eu vou tentar ver se eu posso ver o homem que disse que eu não disse minha nossa.

Então Orlando partiu mas os outros vieram depois, porque Orlando estava certo, eles não tinham lar então só tinham que reclamar e por que não seguir Orlando. Se você não tem lar você deve seguir e você tenta dizer olá mas o melhor mesmo é seguir.

Então eles partiram mas Orlando estava zangado e não sabia que eles estavam lá.

Bem eles estavam bem ali. A Olga e o Olmo e o Osmar.

Orlando disse que eles não estavam lá, eles disseram que estavam lá, bem de qualquer jeito o que os preocupava era que nenhum deles tinha um lar para morar.

Então começaram a ver se em todo lugar o vento estava nas árvores se as árvores eram verdes e o céu era azul, e aos poucos souberam que era verdade que em todo lugar o vento estava nas árvores as árvores eram verdes e o céu era azul, o que não é nada novo mas é verdade e eles vagavam por ali já que não tinham um lar e o que adianta reclamar se você não tem um lar para morar e é verdade que o vento está nas árvores e as árvores são verdes e o céu é azul.

Pois já não havia mais nada a se fazer e eles não tinham lar.

Então Orlando disse que preferia ficar sozinho, mas eles disseram não não eles não iriam não, eles iriam com ele. Fora sem querer que eles não o puderam ver quando aquele outro disse que ele Orlando não disse minha nossa o vento na árvore. Não, disseram os três eles não queriam dizer nada e seguiriam Orlando. O que mais poderiam fazer se não tinham um lar para morar, não tinham mesmo um lar, que azar.

É engraçado não ter um lar muito engraçado mas acontece com muita gente. Quando você diz engraçado algumas vezes isso faz você rir e algumas vezes quando você diz engraçado, oh céus, isso o faz chorar.

Isso foi o que aconteceu com Orlando e Olga e Olmo e Osmar, eles disseram que era engraçado não ter um lar mas quando disseram engraçado, oh céus, isso os fez chorar.

Então eles começaram a se perguntar por que, por que não tinham lar e sabiam que era verdade que não tinham nenhum lar. Mas eles faziam aniversário cada um deles fazia aniversário e se eles, cada um deles, faziam aniversário bem então eles deviam ter nascido e se eles nasceram eles deviam ter um lar todo mundo pode dizer que tem que ter um lar para morar para fazer aniversário e agora oh céus onde ele foi parar, não o aniversário pois cada um deles ainda tinha um, mas o lar. O lar o lar.

Então eles começaram e não conseguiam se lembrar se eles tinham todos o mesmo lar, será que Orlando tinha o mesmo lar que Olga, será que Olmo tinha o mesmo de Osmar, eles não conseguiam lembrar mas eles não pensavam assim e porque embora tentassem eles não se lembravam de ter estado sempre juntos. E enquanto

estiveram pertinho nunca pensaram em carinho eles só pensaram que não deveria parecer que todos sabiam quem era quem.

E aos poucos Orlando ficou cheinho, sendo difícil para ele se mover por aí.

E aos poucos Olga ficou magrinha, sendo difícil para ela vencer qualquer um que viesse almoçar, ela não tinha nada para comer e então não era um prazer para ela querer receber visitas para o almoço.

E aos poucos Olmo ficou comprido e isso era uma chatice porque as camas eram pequenas e ele era comprido, ele não conseguia se esticar, ele tinha que colocar uma cadeira do lado da cama para colocar seus pés nela ou sua cabeça. Não era muito divertido ser tão comprido, ele nunca achou divertido ser comprido.

E aos poucos Osmar ficou pequeno, menor e menor até que alguém pensou que ele pudesse ser vendido, ser exibido num circo ou sei lá, bem não era desse jeito que ele queria ser vendido, e então todo dia de todo modo ele ficava um pouco menor e nesse caso eles o compraram para exibi-lo só um pouquinho e ele deveria ir porque ficaria muito pequeno para se ver, e isso não seria nem um pouco divertido.

Assim eram eles, nenhum lar, nada além do aniversário de cada um, e muito em breve cada um saberia que eles preferiam ter um quarto a não ter nada, poderia ser apenas uma lua mas uma lua sempre está mudando de forma e um quarto bem um quarto deve estar sempre lá com uma janela e uma porta e um teto e um chão. Finalmente eles entenderam Orlando e Olga e Olmo e Osmar e era o **O** que os deixava tão engraçados.

Aí eles disseram que se pelo menos pudessem se livrar do **O** e então eles tentaram isso mas somente o Osmar conseguia dizer seu nome sem o O, ele poderia ser chamado de Smar mas então se ele fosse chamado de Smar quando seria o seu aniversário, já que seu aniversário era para o Osmar. Os outros simplesmente não conseguiam dizer seus nomes sem o O, tente falar e você verá que é difícil mesmo, então não tendo nenhuma casa eles cada um deles ia em frente a noite toda e o dia todo o que, pode-se dizer não é nenhum prazer.

Daí então eles pensaram que poderiam colecionar selos. Eles tinham que fazer alguma coisa então eles pensaram que poderiam colecionar selos e se eles colecionassem muitos selos poderiam encontrar um que os conduziria para um lar.

Não foi um grande sucesso. Orlando gostava de lamber os selos mas não gostava de guardá-los, Olga detestava selos, Olmo gostava de selos mas não sabia ler e Osmar, ele era sempre o melhor dos quatro e às vezes ele pensava que se ao menos ele não estivesse com eles alguém poderia levá-lo para um lar e ele não precisaria zanzar por aí.

Bem isso aconteceu com o Osmar, alguém disse pequeno como ele era eles o levariam eles gostavam dele pequeno, ele tinha apenas que fazer um novo aniversário e começar de novo bem, será que ele o faria. Ele pensou e pensou e tudo o que ele podia dizer era bem, será que ele faria.

Bem será que ele faria.

Era tudo sobre isso, bem será que ele iria.

E então tinha o Orlando, ele era tão cheinho que ele não poderia sair por aí e então ele ficou onde ele estava e se você fica no mesmo lugar por muito tempo então esse lugar passa a ser seu lar. Bem tudo certo para Orlando só que ele estava tão grande que ele não tinha aniversário o bastante para sair por aí, então ele pensou que poderia ir também e se afogou. Mas se você está muito cheinho você não consegue se afogar, então o que ele podia fazer, ele tinha que fazer aniversário e ele estava tão cheinho que o seu aniversário não podia ter tudo dele. Oh céus o que ele podia fazer. O que ele podia.

Bem, o que ele podia fazer.

E então tinha a Olga ela era tão magrinha que não tinha porte o bastante para conseguir um lugar como um lar, ela era magrinha e podia não caber nele e então ele podia não ser seu lar, então ela disse que iria que ela iria ficar, mas será que ela ficou, se ela fizesse aniversário seria um incômodo para ela porque aniversários têm que ser capazes de ver quem é que faz aniversário e Olga era tão magrinha que o aniversário não podia vê-la, então será que ela foi embora para tentar ficar cheinha e ter seu aniversário, agora será que conseguiria.

Será que ela conseguiria.

E agora tinha o Olmo e o Olmo era bem comprido, mesmo que tivesse ido Olmo era bem comprido ele era bem comprido ainda que ele tivesse ido porque ele era bem comprido.

Então como é que ele poderia ter um lar e um aniversário para comemorar, será que o aniversário estava na sua cabeça ou nos seus pés, e seria sua cabeça e seus pés um presente para o seu pobre aniversário. Seu pobre aniversário disse todo aniversário oh céus.

E então o Olmo só iria ouvir oh céus e seus pés só iriam ouvir oh céus, então o que fez o Olmo.

Agora o que fez o Olmo.

O que fez o Olmo.

Então você vê que esse é o final dos Os e quem sabe quando você disser que isso é engraçado isso o fará gargalhar ou chorar, oh céus.

E agora tem o P.

P é mesmo engraçado.

Pedro Paulo Pérola e Panqueca.

O aniversário do Pedro era no dia primeiro de janeiro.

O aniversário do Paulo era no dia dois de fevereiro.

O aniversário de Pérola era no dia três de março e o aniversário de Panqueca será que era no dia sete de setembro.

Simplesmente aconteceu assim eles não tentaram fazer assim porque simplesmente era assim.

Pedro era um senhor de idade, ele tinha uma filha que tinha cinco filhos.

Pedro morava muito longe e então no dia primeiro de janeiro todas as cinco crianças tinham que escrever para ele no dia do aniversário dele. Ninguém dizia nada mas a criançada pensava Por que ele tem que fazer aniversário bem no dia primeiro de janeiro. Não era nada conveniente já que, para começar, havia o Natal e Pedro estava longe e já era quase o dia de Natal e todos os cinco tinham que escrever a ele no dia do seu aniversário dele. Eles ainda não tinham seus presentes de Natal então sobre o que poderiam falar, o que cada um deles podia contar ao avô tão longe no seu aniversário no dia primeiro de janeiro se eles ainda nem haviam ganhado os doces de Natal? Oh céus. Era esquisito mas era assim, tinha que ser feito, e antes do pôr do sol, o sol estava se pondo e nenhum dos cinco tinha começado a carta para o avô no seu aniversário. Bem, lá estavam eles, todos os cinco e cada um tinha que escrever uma carta diferente, e eles tinham papéis de carta tão lindos que sua mãe havia dado a eles, e tinham canetas tão lindas e lápis tão lindos e não aparecia nada para dizer ao avô tão longe. Eles nunca haviam visto o avô mas sabiam que seu nome era Pedro e a mãe deles havia dito que ele era bonzinho, mais do que todo mundo e que ele mandou belos presentes às crianças quando elas foram lá mas, oh céus, elas nunca haviam ido.

Assim, ali estavam sentadas e sem permissão para conversas-fiadas e a mãe delas chegou para ver se elas haviam começado. Nenhuma delas havia começado, nem mesmo uma delas, elas haviam escrito Querido vovô, cada uma havia escrito Querido vovô e isso era tudo.

Então a mais velha disse Mãe querida mãe, me diga a primeira frase a primeira frase dessa chatice e assim, com ela, eu posso seguir que é uma beleza. Então a mãe disse Tudo bem, eu mostrarei a você como começar. E eu e eu, gritaram as outras crianças, e assim ela deu a cada uma um começo e saiu dali cantando.

Isso pareceu tão fácil, escrever o que ela havia dito a eles e eles pararam, como poderiam prosseguir, bem simplesmente como poderiam prosseguir. Amanhã estava chegando e o sol se pondo e se eles pensassem em algo que haviam esquecido mas eles não haviam lembrado de nada que haviam esquecido, não nada ainda.

Estão todos sentados, de fato, e olham para o gato e o gato sai dali em direção ao sol poente e, oh céus, as cartinhas mal tinham começado.

Então a mãe deles voltou outra vez para ver como eles estavam se virando. Oh céus, eles disseram Querida mamãe, nossas canetas são tão pesadas quanto chumbo, o que podemos escrever a seguir, todos já começamos, veja que já começamos a escrever a cartinha, mas o que contar a seguir? Bem o que eles escreveriam a seguir A mãe teve que dizer a cada um alguma coisa e então ela disse Agora se dediquem ao trabalho e terminarão e ela saiu em direção ao sol poente.

Oh céus, o sol se punha mais e mais, dava para perceber isso pela sombra no chão e nenhuma das crianças conseguia pensar em nada mais oh céus oh céus oh céus se pelo menos houvesse uma porta aberta. Mas não havia nenhuma. Bem, ali estavam eles e já era quase noite e a mãe deles voltou para ver se estava tudo bem. Bem, estava mesmo tudo bem se você chama de tudo bem saber que teria que ficar ali a noite toda até terminar as cartas. De fato tinham um trato e nenhuma delas tinha escrito nada ainda, simplesmente não conseguiam pensar em nada para contar ao avô tão longe e no dia do seu aniversário.

Assim parecia que já era quase o outro dia mas na verdade só se passara um pouquinho quando a mãe deles estava de volta para ver o quanto eles já haviam escrito. Bem, lá estavam, e era bem como era, cada letra estava bem igual a antes e todos os cinco estavam ali sentados. E eles disseram Ah querida mãezinha, fica claro que se você nos dissesse como terminar então seria uma carta linda que iríamos enviar, ah mãezinha querida, por favor nos diga como terminar. E a mãe disse a cada um o que escrever para finalizar a carta e eles escreveram e foi isso e ficou claro que agora eles podiam sem demora pegar um boné e sair a pé na noite brilhante e ter um instante contente porque haviam feito tudo do jeito correto e completo.

A moral desta história é que avós que estão longe não deveriam fazer aniversário no dia primeiro de janeiro, eles bem que podiam escolher outros dias para ser seus dias de aniversário.

P. Pedro Paulo Pérola e Panqueca.

Paulo não era avô, ele era neto e ele era esperto era tão mimado que pensava que todo dia era seu aniversário todo e qualquer dia porque ele era mimado e folgado.

Ele achava que tudo não passava de uma apresentação de teatro feita para ele, sua avó sua mãe e seu pai e ele podia imitar todo mundo, ele podia fazer de conta que era o chofer esperando por sua mãe, ele podia fazer de conta que era uma menina que havia roubado seu irmão, ele podia fazer de conta que era seu próprio avô, ele podia fazer de conta que era um mendigo, ele podia fazer de conta que era um garoto que havia perdido a mãe, ele podia fazer de conta que tinha sido atropelado, ele podia fazer de conta que estava apavorado e que teria que trocar sua casa por outra, ele podia fazer de conta que tinha uma irmã e que a tinha perdido e só encontrou outra irmã, ele podia fazer de conta qualquer coisa e seu pai lhe disse que iria mandá-lo para uma escola mas ele era tão mimado que a escola não o aceitaria e assim ele permaneceu em casa fazendo de conta o tempo todo.

Um dia ele fez de conta que quatorze era treze. Ele fez de conta que era, então ele fez de conta que cinco era três, ele fez de conta que era, então ele fez de conta que sua casa tinha sido totalmente queimada ele fez de conta que sim e então ele fez de conta que uma menina que ele conhecia tinha quarenta cachorros. Quando ele fez de conta esta estória da menina que ele conhecia que tinha quarenta cachorros ele fez de conta que todos os quarenta cachorros o seguiam, eles o seguiam todos os quarenta cachorros e eles comiam tudo todos os quarenta cachorros e eles mordiam todo mundo todos os quarenta cachorros e Paulo fez de conta que eles continuariam mordendo todo mundo e comendo tudo até que já não tivesse sobrado vivo mais nada mais nada mesmo nunca mais em nenhum lugar. Quando Paulo estava fazendo de conta essa história ele fez de conta que os quarenta cachorros iriam sempre fazer o que quer que ele mandasse e ele fez de conta que estava mandando os cachorros matarem todo mundo e todas as coisas e então ele fez de conta que ele iria mandar os cachorros matarem-se uns aos outros e morderem-se e comerem-se uns aos outros e então Paulo podia fazer de conta que ele era a única pessoa viva e que todos os dias eram seu aniversário.

Mas enquanto ele estava fazendo de conta que essa história existia os quarenta cachorros se voltaram contra ele, eles o morderam e ele fugiu, ele não fez de conta que fugiu ele apenas correu e correu e esse foi o seu fim.

Pérola não era nada como ele, Pérola era uma menina.

Quando ela descobriu quem era quem, ela ficou surpresa também.

Ela ficou surpresa ao saber que era uma menina.

Quem é você, perguntaram a ela e ela disse que ela era Pérola.

E o que é pérola, perguntaram, e ela disse Pérola é uma menina.

Toda vez que repetia Pérola é uma menina ela ficava surpresa.

Esse era o tipo de menina que Pérola era.

Ela era aquele tipo que fica surpresa.

Ela ficava surpresa com qualquer coisa.

Ela ficou surpresa quando foi tomar banho.

A água a surpreendia, tudo a surpreendia e o que mais a surpreendia era tudo. Ela era assim.

Então ela decidiu continuar se surpreendendo. E assim a primeira coisa que aconteceu a ela, ela decidiu que era algo muito surpreendente. E o que foi essa primeira coisa que estava acontecendo. Bem a primeira coisa que aconteceu com ela foi ter nascido e isso era certamente muito surpreendente.

Ela estava apenas surpresa. Ali estava ela, ela havia nascido e seu nome era Pérola e Pérola era uma menina e tudo era muito surpreendente. Era certamente.

Então a próxima coisa que aconteceu a ela foi ter um dia de aniversário e essa era por certo uma coisa surpreendente, Pérola era uma menina e tinha um aniversário. Ela estava tão surpresa que parou tudo mas tudo surpreendia Pérola que era aquele tipo de menina que Pérola era.

Você pode pensar que ela se acostumaria a ser Pérola e ao fato de que Pérola era uma menina mas nada disso! Tudo continuou como uma bola que rola, ela seguiu se surpreendendo com tudo.

Se ela acordasse de manhã, bem ela acharia a manhã surpreendente e quando ia para a cama à noite, bem você pode dizer que ela não era muito esperta pois sim, ela achava tanto a cama quanto a noite surpreendentes.

Ela achava sua cabeça surpreendente e seus pés e suas mãos e seus cabelos. Ela não se importava, ela simplesmente diria o que achava e ela achava mesmo que era surpreendente ela achava que era tudo surpreendente. Era esse tipo de menina que era a Pérola a Pérola era esse tipo de menina que achava tudo surpreendente.

E então ela encontrou Panqueca, este era o seu nome Sr. Panqueca. Agora você deve ter pensado que ela acharia muito surpreendente que o nome dele fosse Sr. Panqueca e que ela o encontrou mas não, ela não o achou nem um pouco surpreendente, ela apenas o comeu e depois disso, bem, depois disso, bem, isso a fez se sentir engraçada por tê-lo comido e depois disso, bem, depois disso nada era surpreendente, esse era o tipo de menina que Pérola era, ela era aquele tipo mesmo de menina.

Q

Q É para Quieto, Querida, Quinteto e Questão.

É difícil ter nomes como esses. Muito muito difícil, incomoda qualquer um ter nomes como esses, incomoda muito muito mas assim mesmo eles tinham esses nomes.

Sr. e Sra. Quieto

Srta. Querida

Sr. Quinteto

e Mestre Questão.

A noite os encobria e eles queriam saber se estava trovejando e muito provavelmente estava.

Assim eram o Sr. e a Sra. Quieto, eles sempre estavam se perguntando se estava trovejando. Eles não tinham nem coelhos nem galinhas, tinham bodes e não botes, eles tinham ovelhas e não cordeiros e eles não tinham vacas, eles tinham folhas e não grama e eles tinham pão e não empada e a dupla estava sempre acordada. Assim eram o Sr. e a Sra. Quieto. Eles tinham línguas e não dentes, eles tinham facas e não garfos, eles tinham colheres e não talheres e não tinham cabelo na cabeça, nem um pelo. Assim era o casal Sr. e Sra. Quieto.

De vez em quando eles tinham batatas, de vez em quando tinham repolho, de vez em quando madeira para mastigar e de vez em quando bebiam água. De vez em quando. Eles levavam uma vida muito feliz o Sr. e a Sra. Quieto.

Eles tinham uma bicicleta mas não sabiam andar nela eles a carregavam e nela colocavam seus repolhos quando os tinham e suas batatas quando as tinham e atrás deles vinham os seus bodes e em casa ficavam seus coelhos e eles estavam muito confortáveis o dia todo isso era o que eles diziam, o Sr. e Sra. Quieto.

O Sr. e a Sra. Quieto tinham um coelho favorito e ele era o único coelho que eles tinham que fazia aniversário. Era um coelho bem grande e bem bravo e ele tinha a mania de sempre comer um coelhinho no seu aniversário, uma mania bem bem cruel mas o Sr. e a

Sra. Quieto não podiam meter o bedelho na mania do coelho que não aceitava conselho. E eles pensaram, um dia eles pensaram que se eles fizessem de conta que ele tivesse sido pego e eles dissessem para ele o que eles achavam dessa mania de comer coelhinho no seu aniversário isso o curaria, mas não curou, no seu próximo aniversário ele voltou a ter mania de comer coelhinho.

Então eles pensaram, o Sr. e a Sra. Quieto pensaram em fazer seu aniversário desaparecer e desse jeito ele ficaria curado da mania de comer coelhinho no seu aniversário.

Bem o que aconteceu.

Nada e isso foi terrível, eles tiraram o seu aniversário e então ele não sabia mais em que dia faria aniversário então só para garantir ele comia um coelhinho a cada dia como se todos os dias fossem o seu aniversário. Ele era um coelho feroz e o Sr. e a Sra. Quieto não sabiam o que dizer sobre ele comer um coelhinho todos os dias.

O Sr. e a Sra. Quieto não sabiam o que dizer se eles deixassem o coelho fugir, bem eles tentaram isso mas ele queria ficar ele simplesmente não queria fugir e eles não podiam matá-lo e comê-lo porque apesar de tudo ele era o coelho favorito deles. Então eles decidiram educá-lo, eles doaram todos os outros coelhos, simplesmente os doaram e então quando era o aniversário do coelhão ele olhou ao redor para pegar um coelhinho para comer naquele dia, e não havia nenhum coelhinho todos eles tinham sido doados. Então ele se recusou a comer qualquer outra coisa, ele estava bravo e recusou repolhos e cenouras e tudo o mais, ele não comeria nada ele estava simplesmente muito bravo. E o Sr. e a Sra. Quieto não sabiam se deveriam ficar tristes ou contentes e então eles decidiram ficar contentes. No dia seguinte o coelhão se recusou a comer qualquer coisa, não era o dia do seu aniversário mas de novo ele se recusou a comer mesmo sendo um dia trivial porque ele não tinha comido um coelhinho no seu aniversário. Então lá estavam o Sr. e a Sra. Quieto olhando para o coelhão e o coelhão estava olhando para eles e os olhos do Sr. e da Sra. Quieto ficaram cheios de lágrimas eles estavam muito preocupados com o coelhão e os olhos do coelhão ficaram mais e mais vermelhos ele começou com olhos cor-de-rosa mas ele tinha comido tantos coelhinhos no seu aniversário que seus olhos ficaram mais e mais vermelhos e então uma coisa horrível aconteceu, os olhos do coelhão ficaram mais e mais vermelhos e o Sr. e a Sra. Quieto que estavam olhando para ele o viram mais e mais assustado e então de repente os olhos vermelhos do coelhão começaram a arder em chamas, o coelhão estava pegando fogo por dentro e ele e os repolhos e as cenouras que ele não comeu estavam em chamas e fumaça e fogo estavam saindo dele e a casinha onde ele morava estava queimando e o Sr. e a Sra. Quieto que estavam olhando para ele acharam isso aterrorizante, eles estavam tão assustados porque não podiam fazer nada, não podiam pegar água para jogar no fogo estavam tão assustados que não conseguiam se mexer e então simplesmente sentaram lá e olharam, e logo o fogo acabou e nada sobrou do coelhão só uma cinza avermelhada que foi apagada pelas lágrimas do Sr. e da Sra. Quieto sobre ela. E depois disso o Sr. e a Sra. Quieto viveram bem tranquilamente com seus bodes e tudo o mais mas eles nunca mais depois disso tiveram um outro coelho.

A Srta. Querida e o Mestre Questão e o Sr. Quinteto nunca passaram por uma coisa dessas. Eles nunca, nenhum deles, cuidaram de bodes ou coelhos ou qualquer outra coisa. O que eles gostavam era de peixe de manhã, de bife ao meio-dia e de ovos à noite. Era só isso que lhes importava. A Srta. Querida dizia que comer sardinha a deixava gordinha, Mestre Questão dizia que bife lhe dava indigestão e o Sr. Quinteto dizia que ficava assim sempre que via um ovo o Sr. Quinteto dizia Nada de novo. E enfim o que se tinha para fazer, tinha peixe pela manhã, bife ao meio-dia e ovos à noite e quanto mais isso acontecia mais a Srta. Querida dizia que sardinha pela manhã a deixava gordinha e Mestre Questão dizia que bife ao meio-dia dava nele no Mestre Questão indigestão e o Sr. Quinteto dizia que sempre que ele via um ovo ele Sr. Quinteto dizia Nada de novo.

E então eles pensaram que deveriam pensar em alguma coisa então eles pensaram e eles pensaram que cada um deles deveria pensar em alguma coisa. Então eles pensaram que se cada um trouxesse alguma coisa eles poderiam não ter peixe pela manhã bife ao meio-dia e ovos à tarde. Mas o que eles poderiam trazer, ninguém podia saber o que eles poderiam trazer.

Então eles disseram nós podemos dar para cada um alguma coisa. Agora ainda não sabemos eles disseram quando é o aniversário de cada um, então vamos fazer de conta que qualquer dia pode ser o dia do aniversário de algum de nós e então poderíamos trazer alguma coisa nesse dia. Sim eles diriam mas então disseram que hoje um de nós ficaria com o que cada um de nós traria, num aniversário os outros trazem e aquele que faz aniversário fica com tudo, bem agora como, como podemos saber quem vai trazer e quem vai comer tudo.

Naturalmente uma coisa dessas ia acabar em discussão. A Srta. Querida, ela era uma moça e ela sabia que era uma moça bonita pelo menos ela dizia que sabia que era uma moça bonita porque ela tinha um cacho, bem ela dizia que eles poderiam fazer a entrega e ela poderia recebê-la, mas nem pensar disse o Mestre Questão, isso está fora de cogitação, para ser honesto você é uma garota e talvez tenha um cacho talvez sim talvez não só você nos diz isso, mas eu eu é que sempre estou em questão, eu que tenho indigestão, vou receber tudo para decidir com qual parte ficarei e qual repartirei, e além disso disse Mestre Questão fazer aniversário é um direito pessoal porque sou bem racional.

Então o Sr. Quinteto disse Nada de novo Nada de novo, o Sr. Quinteto sempre dizia Nada de novo, ele dizia, Nada de novo, não deixarei dizia que não deixaria ninguém pensar que não era ele que devia decidir sobre como tudo dividir. Eu sou o Sr. Quinteto, isso significa que ainda há cinco de mim e então você aposta a resposta é que eu não vou deixar ninguém dividir nada.

Bem assim eles eram eles não conseguiam decidir nem sobre aniversário nem sobre nada então eles prosseguiam, e tinha peixe pela manhã e bife ao meio-dia e ovos à noite, e a Srta. Querida dizia que comer sardinha a deixava gordinha e Mestre Questão dizia que bife ao meio-dia dava nele Mestre Questão indigestão, e o Sr. Quinteto dizia que ovo à noite, quando eu o vejo sempre digo que eu o Sr. Quinteto digo Nada de novo.

Então todos os três viveram muito infelizes e nunca decidiram nada sobre os seus aniversários.

Você tem que dizer quase todo o alfabeto
para chEgar No **R**

porque o **Q** quase o faz desistir. Agora todo mundo sabe disso. Assim, há o **R**, o **R** rola ao redor ao redor rola como uma bola não que seja uma bola, ora bolas, só rola. **R** para Roberto, Rabirruivo, Raquel e Rosa.

Rosa tinha um cachorro um cãozinho chamado Geada.

Geada era seu nome e ele tinha espírito gelado.

Mas só no inverno, no verão era outra história.

No verão ele era tão louco quanto se pode ser.

Rosinha disse a ele: Se lembra, Geada, quão frio você era no inverno.

Mas Geada disse: Não. Agora é verão e eu matarei todas as coisas, veja bem só olhe para mim.

E Rosinha olhou, ela olhou bem para o Geada e viu que uma coisa levava a outra e a outra ainda.

Geada começou latindo durante seu jantar. Ele latiu muito forte no seu jantar. Então ele comeu o jantar. Então Geada começou, claro, era verão e ele começou a ficar mais quente e mais quente ainda e uma coisa levava a outra. Ele viu uma galinha e ele pensou Uma galinha com aquelas penas todas deve sentir calor, assim ele correu atrás dela como uma bala, e ela era grande demais para que ele a matasse, não que ele realmente quisesse matá-la, mas ele queria que ela ficasse quieta para que ele pudesse tirar todas as penas dela até que não ficasse mais nenhuma, e seria legal e refrescante e talvez fossem nadar numa piscina, é, seria interessante.

Rosinha tentou salvar a galinha mas Geada queria depená-la, apenas depenar a coitada pena por pena, tirando cada peninha claro, e fez isso e Rosa ficou zangada porque todo mundo diria que Geada seria levado embora e todo mundo ficaria zangado claro, zangado com Rosa porque Geada era um idiotinha e isso era culpa da Rosinha, naturalmente.

Então Rosa tentou levar Geada para longe de onde estava a galinha e Geada decidiu brincar que era aniversário de um rato. Ele brincou que era aniversário de um rato, cinco ratinhos haviam nascido e Geada disse que não haveria nenhum problema em correr atrás da mãe-rata agora que os ratinhos já haviam nascido, então ele perseguiu a mãe-rata e mais tarde naquele dia ele a encontrou novamente é o que eu posso dizer. Bem, Geada deu um fim na mãe--rata naquele dia, o dia em que os ratinhos tinham nascido e ainda assim estava quente e os ratinhos que tinham nascido naquele dia nunca mais tiveram outro dia de aniversário.

E esse foi um dia do Geada, o cachorrinho da Rosa que todo mundo chamava de bobo mas ele não era de modo nenhum bobo e no verão ele não era como Geada, não, a Rosinha é que era boba por deixar o Geada fazer o que quer que ele quisesse. Mas eles simplesmente seguiram naqueles dias, Rosa e Geada e no verão quando estava quente Geada fez muitos estragos, não estragos demais porque ele era tão pequenininho e a Rosa sempre dizia isso, ela dizia Deixem-no em paz, no inverno ele é tão gelado deixem-no fazer o que ele gosta quando está quente, e eles enfim deixaram e enfim Geada foi assim e todos os Geadas e Rosas foram assim e no inverno eles sentam-se perto da lareira e pensam e lembram o que fizeram no verão e o que farão no próximo verão e ali estão e será que é justo com os ratinhos e galinhas que se sentem perto da lareira e olhem para o Geada e para Rosa. Mas talvez seja e talvez não acredite ou não é verdade, isso é o que Geadas e Rosas e galinhas e ratinhos farão.

Roberto era um garoto, bem, ele já estava crescido agora e ainda assim ele não era maior do que havia sido antes, quando ele perguntava Quando eu fui, e todos respondiam Não contem a ele mas chamem-no de Bem-te-vi e isso o fará pensar que ainda é grande. Não ainda, disse Bem-te-vi.

Quando o chamaram de bem-te-vi isso o fez pensar na Srta. Rabirruivo.

Bem-te-vi tinha uma mãe e ela disse Roberto, quando eu lhe chamo de Bem-te-vi do que você mais gosta.

Roberto ficou vermelho e disse Quando você me chama de Bem-te-vi eu amo mais ainda a Srta. Rabirruivo.

Assim Bem-te-vi tentou se casar, se casar com a Srta. Rabirruivo, sua noiva, mas ele não podia e por que, isso o fará você chorar: ele não podia se casar porque pegara sarampo.

Imagine, sua mãe estava lá e lhe disse cuide-se, se você pensa na Srta. Rabirruivo o dia todo talvez você fique assim, pintado de vermelho e nesse momento na frente do Roberto chamado Bem-te-vi estava o sarampo e o sarampo é vermelho oh céus, disse Bem-te-vi, se meus cabelos fossem ruivos meu sarampo não se espalharia, oh céus, disse o pobre Bem-te-vi.

Mas ele tinha sarampo e devia ficar na cama o dia todo e tinha que ficar acordado a noite toda e todo mundo dava alguma coisa a ele o dia todo, bem, isso talvez fosse como um dia de aniversário. Às vezes o sarampo leva você a isso mesmo.

Assim ele continuou tendo sarampo o dia todo e assim ele não podia se casar naquele dia, claro que ninguém jamais se casou tendo sarampo ninguém, e então era dia doze de junho, era Dia dos Namorados e certamente disse Bem-te-vi certamente aquelas pintinhas do sarampo sumirão.

Mas não sumiram, elas pareciam que ali ficariam elas agiam como se fossem ficar elas falavam como se fossem permanecer e não adiantava nada o pobre Bem-te-vi contar a elas sobre o Dia dos Namorados e sobre ele estar para se casar mesmo que tivesse que ser carregado até a querida Srta. Rabirruivo naquele dia.

Ah, não adiantava nada ele não podia se casar ele tinha sarampo manchas vermelhas de sarampo e não podia se casar naquele dia.

O Dia dos Namorados foi ontem e eles não se casaram naquele dia e talvez a Srta. Rabirruivo voasse para longe se eles não pudessem se casar logo algum dia, poderia voar para longe muito longe.

O que o pobre Bem-te-vi podia fazer. É verdade, o que faria o pobre Bem-te-vi, o sarampo parecia ter vindo para ficar e a Srta. Rabirruivo podia voar para longe longe longe se eles nãos se casassem logo.

Então o Bem-te-vi pensou e pensou e então ele pensou: Talvez o sarampo tenha um dia de aniversário e se for assim, se ele tiver um dia de aniversário ele terá que ir embora nesse dia para comemorar seu dia de aniversário, sem dúvida nenhuma o sarampo deveria ir embora naquele dia.

Mas como o Bem-te-vi poderia fazer o sarampo dizer que tinha um aniversário e em que dia.

Bem-te-vi pensou e pensou mas não encontrava uma solução. Claro que, se ele perguntasse ao sarampo se ele tinha um dia de aniversário claro que ele iria perguntar O que é aniversário, nunca ouvi falar em aniversário, naturalmente o sarampo nunca prestou atenção ao aniversário de ninguém, era o jeito dele.

E então Bem-te-vi pensou e disse Vou perguntar não para todo o sarampo mas para um vermelhinho uma pintinha vermelha só aquela pintinha vermelha poderia não saber o que é o que é exatamente o que aquela pintinha vermelha pode saber. Vou conversar com ela em particular e lamuriar e perguntar a ela e talvez se eu perguntar direitinho à manchinha vermelha que parece um ponto, direi a ela O que eu direi a ela. Direi que se ela não responder ela será removida.

Bem o Bem-te-vi de fato perguntou à pintinha vermelha, a pintinha vermelha de sarampo quando o sarampo fazia aniversário, e ele acrescentou que se a pintinha vermelha não respondesse a ele quando seria o aniversário do sarampo, bem, aquela pintinha vermelha seria removida. Assim ela contou, ela não podia não contar e ela contou que o dia do aniversário do sarampo era bem no dia seguinte.

Então o Bem-te-vi ficou sabendo que só naquele dia todo o sarampo iria embora para comemorar seu aniversário e bem rápido ele enviou sua mãe para dizer à Srta. Rabirruivo para se arrumar e vir no próximo dia e eles se casariam naquele dia e viveriam felizes para sempre depois disso e não veriam o sarampo nunca mais.

Raquel era outra história, ela vivia apenas para a glória, ela dizia Eu nasci para a glória, e todos perguntavam o que é a glória e ela respondia Olhem para mim e eles olharam e o que viram. Eles só acharam que viram a Raquel mas viram mesmo. Não, não viram, não mesmo porque a Raquel não estava lá, ela havia partido para a glória, então, todos perguntaram, para onde ela foi e ela disse com desprezo Vocês não sabem aonde eu fui eu fui para a glória.

Esta é a história. E Raquel nasceu e isso não lhe fez mal, tinha um aniversário que não a incomodava, tinha outro aniversário e ela encontrou um estrepe e o estrepe disse que havia nascido naquele dia e Raquel disse que não, que ninguém havia nascido naquele dia, eu nasci hoje e ninguém mais tem hoje como seu aniversário. O estrepe se estrepou quando Raquel o jogou bem longe e ele disse É meu aniversário e Raquel disse a glória desse dia é que é meu aniversário. Isso levou a muitas outras coisas e Raquel já não estava ali e o estrepe estava no chão e Raquel se foi, ela se foi para a glória e isso é tudo o que há sobre a sua história.

agora é fácil lembrar que S vem depois
do **R**, muito fácil de lembrar muito muito fácil de lembrar muito
muito muito fácil de lembrar que **S** vem depois do **R**. Ninguém
pensaria que o **R** vem depois do **S** isso seria uma confusão, então
S vem depois do **R** mas eles ficam juntinhos como alcatrão, eles
são cheios de ternura oh sim, **R** e **S**.

Realmente minha mulher diz **S**. Por toda a minha vida diz **R**.
Realmente começa com **R** e **S** começa com **S**, sim sim.

E o **T** vem depois do **S** e alguém consegue adivinhar oh céus
oh sim tão certo é que **T** do **S** está perto. Acredite nisso, se não é
novidade pelo menos é verdade.

E agora para **S**.

Samuel e Sílvia e Salva e Susy.

Samuel tinha uma tia e sua tia tinha Samuel e o nome de sua
tia era Graça e ela era engraçada. Samuel era seu nome e ele era
engraçado e tinha uma tia Graça e ela era engraçada.

Samuel não podia comer pão ou batatas ou chocolate ou bolo
ou ovos ou manteiga nem mesmo uma ameixa, se ele o fizesse,
desmaiava, era desse jeito, um jeito muito engraçado mas esse
era o jeito de Samuel. Sua tia Graça não era engraçada desse
jeito, mas era engraçada de outro jeito, sempre que ela via um
gato ou cachorro ou tartaruga ou um pássaro ou um terço, um
terço de alguma coisa ela tinha um treco. Ela era engraçada
desse jeito.

Mas Samuel tinha a sua tia Graça e tia Graça tinha seu Samuel.

Pobrezinho do Samuel.

Agora o que ele podia comer, o que podia fazer mal, pobrezinho
do Samuel.

Uma limonada talvez ou um bife, ou um prato ou um oh céus
sorvete não, ele não podia tomar sorvete, nem bolo de aniversário,
ele podia comer as velas mas não o bolo, pobrezinho do Samuel.

Singular e exemplar.

Sua tia Graça não se importava que Samuel não pudesse comer o que ela comia, ela simplesmente continuava cozinhando e comendo e Samuel só ficava olhando e desmaiando. Eram muito engraçados esses dois Samuel e sua tia Graça. Pobrezinho do Samuel.

E apesar de coisas tais Samuel crescia mais e mais o suficiente para ir à escola.

Na escola eles eram ensinados

Singular e exemplar.

Havia uma menina bonita e ela tinha um cacho e seu nome era Sílvia. Ela era chamada de linda Sílvia e ela era exemplar. E então havia Samuel lá só havia Samuel pobrezinho do Samuel e ele era um menino singular.

E então um dia a linda Sílvia por curiosidade convidou o Samuel para ir à sua casa festejar a sua nova idade.

Samuel foi.

Havia um bolo bem grande com glacê e uma ameixa e Samuel sentindo que ia desmaiar disse que não podia comer a cobertura ou a ameixa ou o bolo mas que ele podia comer as velas se elas fossem oferecidas. Mas não disse Sílvia oh não você não sabe, nós as queimamos, não tem nenhuma vela enquanto comemos o bolo nós as queimamos e se nós não as queimássemos eu não teria meu próximo o meu próximo aniversário, oh safado do Samuel que queria que o meu próximo aniversário fosse para o beleléu.

E pobre Samuel não tinha nada a dizer, ao ver toda aquela cobertura e o bolo ele sentiu que ia desmaiar e então ele teve que abandonar o lugar.

Agora você deve pensar que essa é uma história engraçada mas não é verdade, ninguém nem mesmo você poderia conhecer o Samuel o pobrezinho do Samuel e sua tia Graça, ele mora na cidade e é verdade toda essa história de Samuel toda a história da tia Graça toda a história da tia Graça toda a história de Samuel é real. Pobrezinho do Samuel.

Salva e Susy eram gêmeas.

E depois que isso começa

Elas seguem sempre sendo gêmeas.

Sábado é um dia terrível elas costumavam dizer mas você nem poderia crer que as gêmeas não achassem o sábado incrível.

Mas não achavam.
Elas de fato detestavam o sábado.
E qual poderia ser a razão disso então.
Sábado deveria ser só alegria.
Mais nada a acrescentar o sábado elas continuavam a detestar.
A razão para isso era essa.
Gêmeas podem ter primas é claro,
E primas podem irritar gêmeas,
E essas gêmeas tinham primas,
E você não vai acreditar
Mas as primas dessas gêmeas
Eram trigêmeas, é de pasmar.
E elas vinham todo sábado,
Para passar o dia todo com as gêmeas,
E isso irritava as gêmeas demais,
Por que em lugar de duas e duas serem quatro e é fato,
Eram duas e três o que era bem ruim,
Por que era assim eram sempre três e duas e ninguém conseguia gostar disso nem elas nem você de jeito nenhum. E então eram duas e três que somavam cinco e isso não era tudo.

As trigêmeas tinham primas também e o que você acha que essas primas eram, elas eram quadrigêmeas muito mais ainda do que trigêmeas ou gêmeas, oh sim muito mais e quando isso começa oh sim muito mais, e essas quadrigêmeas vinham brincar todo sábado com as trigêmeas e com as gêmeas e todo sábado era um dia horrível então você vê o porquê de as gêmeas ficavam tão irritadas.

E então o que as quadrigêmeas tinham elas tinham primas também e essas primas eram quíntuplas, pense só nisso e elas vinham todos os sábados para brincar então isso fazia das gêmeas somente duas, as trigêmeas somente três e as quadrigêmeas quatro e só isso e as quíntuplas cinco e cada uma delas estava bem viva.

Era mais do que as gêmeas podiam aguentar e elas odiavam sábado mais e mais, e elas costumavam rolar no chão para mostrar o quanto odiavam sábados mais e mais.

E isso não era tudo.

As gêmeas faziam aniversário no mesmo dia sendo gêmeas só podia ser assim e isso não as irritava, mas quando elas faziam aniversário as trigêmeas e as quadrigêmeas e as quíntuplas apareciam e comiam todo o bolo de aniversário, por que não, elas eram apenas gêmeas e as outras eram trigêmeas e quadrigêmeas e quíntuplas o que podiam fazer contra isso, elas bem que podiam ter sido um gato, oh céus.

E então as trigêmeas faziam aniversário as três é claro no mesmo dia e as gêmeas iam lá mas claro não se importavam porque elas eram apenas gêmeas e lá estavam as trigêmeas bem as trigêmeas também não se importavam com isso, elas eram melhores do que as gêmeas elas eram três contra duas é verdade quando chegava a hora de comer o bolo mas o que eram três quando quadrigêmeas e quíntuplas estavam lá e coisa e tal quem se importaria com trigêmeas e gêmeas afinal.

E então as quadrigêmeas faziam aniversário é claro que as quatro nasceram todas no mesmo dia e as gêmeas e as trigêmeas apareciam também para perguntar como elas iam mas as quatro e as quíntuplas estavam lá muito natural que as trigêmeas e as gêmeas que ironia não ganhassem sua fatia.

E as quíntuplas faziam aniversário e esse era mais calmo porque havia cinco todas nascidas no mesmo dia e todas comiam todo o seu bolo, as quadrigêmeas e as trigêmeas e as gêmeas naturalmente não ganhavam sua fatia, as quíntuplas estavam lá.

Então você pode entender o que as gêmeas achavam de sábado, tudo certo em serem gêmeas mas outras coisas Salva e Susy diziam que era demais elas odiavam tal jeito de ser tal, ser nada além de gêmeas e ter primas que eram trigêmeas cujas primas eram quadrigêmeas cujas primas eram quíntuplas, isso por certo era demais, e Salva e Susy as gêmeas rolavam no chão para dizer ah isso não.

Mas não havia nada a fazer todo sábado se repetia e todo aniversário também e não havia nada a fazer pelas gêmeas apenas buá e buá o que elas faziam todo dia antes e depois quando elas se encontravam e elas eram apenas gêmeas gêmeas apenas cada uma apenas uma gêmea e então elas nunca poderiam ganhar quando havia primas trigêmeas, quadrigêmeas e quíntuplas, não não não que ruim, é sempre assim.

A moral disso é não ter apenas gêmeas mas se vocês são gêmeas não tenham primas e se vocês tiverem primas não tenham trigêmeas e quadrigêmeas e quíntuplas. Não não não, isso não pode ser resolvido assim, mas Salva e Susy não podiam mudar, se vocês forem gêmeas e isso começar continuem apenas sendo gêmeas.

E agora há o T.

Tomás e Túlia e Terno e Tenaz

E depois de T bem há um monte de letras inúteis, apenas pense nelas UVWXYZ, apenas pense nelas todas elas elas são empurradas bem no final como uma bola e não há nada a fazer afinal nada para fazer com elas mas enfim cada uma tem um nome tão inúteis eles são mas não podem ser colocados numa jarra e não podem ser cobertos com piche elas devem ser apenas feitas para continuar, como se apenas não fosse assim como se não tivesse problema em elas estarem ali apenas para nos encarar.

Mas primeiro vem o T e isso é como eu ou você um bem necessário T.

Tomás e Túlia e Terno e Tenaz.

Tomás Rosa e Túlia Andrade nunca viveram numa cidade.

A mãe de Tomás era missionária na China.

O pai de Túlia era missionário na China.

Tomás nadava no rio com garotinhos chineses.

Túlia cantava canções com garotinhas chinesas.

E então um dia Túlia viu Tomás e Tomás viu Túlia.

Haviam tantos garotinhos chineses e garotinhas chinesas em volta que mal se podia ver que o piso era liso mas Tomás viu Túlia e Túlia viu Tomás, e ambos estavam ali.

Então o Tomás disse que ele não iria nadar ele disse que iria falar com a Túlia e todos os garotinhos chineses disseram que isso era tolo, mas mesmo assim Túlia e Tomás começaram e a Túlia ia cantar mas quando ela viu Tomás ela não cantou, ela nunca sequer começou mas ela disse que iria falar com o Tomás e as garotinhas chinesas todas elas disseram a Túlia que isso era tolo, mas Tomás e Túlia não acharam que era tolo, e foi isso mesmo que eles disseram. Tomás e Túlia.

Tomás Rosa e sua mãe a Sra. Rosa e Túlia Andrade e seu pai o Sr. Andrade estavam em pé e ao redor deles havia quilômetros e quilômetros de homens chineses e mulheres chinesas e crianças chinesas, quilômetros e quilômetros e quilômetros deles e todos estavam cantando.

Terno e tenaz e tudo é capaz.

E enquanto eles estavam cantando Terno e Tenaz e tudo é capaz havia mais e mais deles homens chineses e mulheres chinesas e crianças chinesas e havia mais e mais quilômetros deles mais quilômetros de homens chineses e mulheres chinesas e crianças chinesas que estavam cantando Terno e Tenaz e tudo é capaz e então Tomás Rosa e a Sra. Rosa e Túlia Andrade e o Sr. Andrade começaram a cantar também, Terno e Tenaz e tudo é capaz e todos eles os quilômetros e quilômetros e mais quilômetros de homens chineses e mulheres chinesas e crianças chinesas e Tomás Rosa e a Sra. Rosa e Túlia Andrade e o Sr. Andrade estavam cantando Terno e Tenaz e tudo é capaz e continuaram cantando todos eles continuaram cantando e então era de manhã e todos continuaram cantando, cantando e cantando Terno e Tenaz e tudo é capaz e então era de tarde.

E então eles decidiram ir para a cama mas como podiam ir para cama se não havia camas para ir para cama. E assim como não havia camas para ir para a cama eles continuaram cantando Terno e Tenaz e tudo é capaz.

E então todo mundo se sentou todos os quilômetros e quilômetros e mais quilômetros e quilômetros de homens chineses e mulheres chinesas e crianças chinesas e Tomás e a Sra. Rosa e Túlia e o Sr. Andrade. E quando estavam todos sentados todos ficaram carrancudos.

Então todos disseram Isso não está bom isso não está bom para nós, ficar aqui sentado e carrancudo não está legal, então todos disseram todos os quilômetros e quilômetros e mais quilômetros e mais quilômetros de homens chineses e mulheres chinesas e crianças chinesas e Tomás Rosa e a Sra. Rosa e Túlia Andrade e o Sr. Andrade, todo perguntaram O que podemos fazer já que não queremos só ficar aqui sentados e carrancudos.

Assim eles decidiram que cada um deveria dizer alguma coisa, eles deveriam contar algo sobre o dia em que nasceram, mas, dis-

seram os quilômetros e quilômetros e mais e mais quilômetros de homens chineses e mulheres chinesas e crianças chinesas e Tomás Rosa e a Sra. Rosa e Túlia Andrade e o Sr. Andrade nós não nos lembramos de nada de quando nascemos.

E todos eles uma vez mais voltaram a ficar sentados e carrancudos.

Isso não dará certo, devemos fazer alguma coisa, todos disseram Nós poderemos estar simplesmente bem mortos se nós nunca nascemos.

Claro que nós nascemos, disseram todos os quilômetros e quilômetros de homens chineses e mulheres chinesas e crianças chinesas e mais e mais quilômetros deles e Tomás Rosa e a Sra. Rosa e Túlia Andrade e o Sr. Andrade, claro que nós nascemos. Bem, talvez se nos mantivermos relembrando possamos relembrar que nascemos. Bem, eles continuaram relembrando todos eles mas não conseguiam relembrar o dia em que haviam nascido eles lembravam o primeiro aniversário mas não conseguiam relembrar o dia em que haviam nascido e então os quilômetros e quilômetros e mulheres chinesas e crianças chinesas e os mais e mais quilômetros deles e Tomás Rosa e a Sra. Rosa e Túlia Andrade e o Sr. Andrade eles imaginaram se teria algum problema se eles não conseguissem lembrar do dia em que haviam nascido.

Todos tinham algo a dizer sobre o dia em que haviam nascido e sobre cada um dos aniversários que tiveram desde o dia em que haviam nascido e eles continuaram contando tudo o que tinham que contar cada um deles estava contando tudo que tinha a contar sobre o dia em que havia nascido e cada aniversário que havia tido desde aquele dia e enquanto eles estavam contando isso todos eles e quilômetros e quilômetros de homens chineses e mulheres chinesas e crianças chinesas e mais e mais quilômetros de homens chineses e mulheres chinesas e crianças chinesas e Tomás Rosa e a Sra. Rosa e Túlia Andrade e o Sr. Andrade a noite passou e todos eles esqueceram de ficar carrancudos e assim já era o dia seguinte e tão logo já era o dia seguinte todos começaram a cantar Terno e Tenaz e tudo é capaz, e então tudo era alegre e todo mundo tinha tido algo a contar e agora todo mundo tinha algo a cantar

Terno e Tenaz e tudo é capaz e esse foi o fim de todas as coisas, e todos viveram felizes então e nunca se esqueceram da canção Terno e Tenaz e tudo é capaz, nenhum deles sequer dos quilômetros e quilômetros de homens chineses e mulheres chinesas e crianças chinesas e mais e mais quilômetros de homens chineses e mulheres chinesas e crianças chinesas e Tomás Rosa e a Sra. Rosa e Túlia Andrade e o Sr. Andrade.

Tudo isso soa fagueiro mas dê-lhes dinheiro e isso não é fagueiro.

Ah sim ah não, claro.

Isso é claro.

Se ninguém é, nunca cruza,

Claro claro claro.

E então você pode cantar Terno e Tenaz e tudo é capaz e isso é aquela coisa.

O fim do começo.

O começo do término.

Claro.

Como eu disse o T é a última letra que não é fagueira, depois dela tudo o que vem é tão fagueiro quanto o dinheiro claro que é.

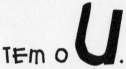
TEM O U.

U. Uno, Una, Úrsula e Unido.
Uno e Una.
Uno conhecia Una e Una conhecia Uno.
Você sabe disso.

Uno era um menino e Una era uma menina e os olhos de Uno eram azuis e os olhos de Una eram castanhos, e os olhos de Una eram azuis e os olhos de Uno eram castanhos. Você sabe disso.

Bem talvez isso não seja bem assim. Uno era um menino. Você sabe disso e Uno tinha um olho azul e um castanho e isso soa como se isso não fosse verdade você sabe disso. E Una era uma menina e ela tinha dois olhos também e um era azul e o outro era castanho. Você sabe disso, então Uno e Una um era um menino e a outra uma menina mas cada um tinha um olho azul e um castanho, e isso soa como se isso não fosse verdade você sabe disso.

O olho direito de Uno era azul e o seu olho esquerdo era castanho e o olho esquerdo de Una era azul e o seu olho direito era castanho.

Uno e Una os dois podiam olhar para cima e para baixo. Mas você sabe disso.

O que acontecia quando cada um tinha um olho castanho e outro olho azul. O que será que acontecia.

Bem você sabe o que acontecia.

Havia o Uno e a Una e o que será que acontecia.

A mãe de Uno tinha um olho azul e um olho castanho mas não o pai de Uno ele tinha dois olhos bem iguais eram dois e os dois eram azuis.

O pai de Una tinha um olho que era azul e um olho que era castanho mas não a mãe de Una. Ela tinha dois olhos bem iguais e eram ambos castanhos.

Mas você pode ver que Uno tendo uma mãe com um olho castanho e outro azul e Una tendo um pai também assim um olho castanho e um olho azul, era natural para Uno e para Una quando olhavam um para o outro ver um com o olho castanho e um com o olho azul e viam um ao outro com um olho castanho e um olho azul também.

Então assim eles eram e naturalmente bem era bem natural que eles fossem casados e eles tivessem um monte de filhinhos e cada um deles tinha um olho castanho e um olho azul.

Bem foi assim que eles nasceram e é claro isso causava uma grande confusão, não quando eles estavam todos juntos pois havia então uma boa mistura de castanho e azul e quando eles te olhavam era bem engraçado ninguém sabia exatamente quem era quem e além disso se eles abriassem um olho e fechassem um olho como poderia você saber que seus olhos eram castanhos e azuis. Isso tudo era uma grande confusão, não para uma irmã ou para um irmão porque eles eram todos iguais e isso os deixava espertos ter dois olhos diferentes um do outro mas para qualquer outro isso era uma grande confusão.

E então tinha o problema das roupas e dos aniversários. Para as menininhas, você sempre combina a roupa com a cor dos olhos e para menininhos você combina as camisas e gravatas, e o que você faria se um olho fosse castanho e outro fosse azul o que você faria, como eles poderiam combinar a cor.

E então tinha o bolo de aniversário quando cada um festejava seu aniversário, as velas no bolo de aniversário deviam combinar com a cor dos olhos isso todo mundo sabe que é sábio isso e de que cor deveriam ser as velas que enfeitavam o bolo, oh céus, era difícil decidir e então de quem era o bolo de aniversário se ele fechava o olho castanho as velas castanhas pareciam tímidas e se ele fechava o olho azul as velas azuis tentavam olhar para o lado. Não é natural ter duas cores de velas na cobertura de um bolo de aniversário mas, oh, sim, apesar disso a gente pode tentar o que se pode fazer se se quer combinar a cor do bolo com a cor do olhar.

Porque você sabe embora você tente quando você corta um bolo de aniversário você sempre fecha um olho. Oh céus, isso era estranho eles nunca decidiam qual fechar o castanho ou o azul.

E um dia se deu uma guerra e o papai Uno partiu para a guerra. Você sabe ele partiu. E quando ele partiu oh céus eles atiraram num olho, no olho azul e fizeram um olho de vidro e quando ele

99

voltou da guerra ele não tinha mais um olho castanho e um azul, mas os dois, ambos eram castanhos e não mais azuis.

Isso assustou todos eles e eles se atiraram no chão e cobriram seus olhos e começaram a chorar. E eles choraram e choraram e tentaram não chorar mas isso os assustou tanto todos eles ver dois olhos castanhos e não um castanho e um azul que eles simplesmente choraram e choraram e choraram e choraram. E eles pararam de chorar e olharam com seus olhos tão cheios de choro que eles quase começaram de novo era fato que todos haviam chorado tanto que agora nenhum dos seus dois olhos eram um castanho e um azul mas eles ficaram todos azuis todos os olhos deles eram azuis como luz. Soa abstrato mas é fato. E então isso aconteceu com todos eles com exceção da mãe da Una que tinha um olho castanho e um olho azul e isso é abstrato mas é fato.

E depois disso quando cada uma das crianças escolhia suas roupas e suas gravatas elas podiam combinar com seus olhos e com seus bolos de aniversário, o bolo e a cobertura podiam ser todos os dois azuis, e se elas fechavam om olho para cortar o bolo não havia erro porque os dois olhos eram azuis.

É tudo verdade.

Úrsula e Unido.

Bem Úrsula disse o Unido.

E eles falaram do quê.

E ela disse dos Estados Unidos.

E eles falaram do quê.

Ela disse dos Estados Unidos da América.

Isso aconteceu porque Úrsula era altíssima de uma altura máxima, Úrsula era altíssima e nasceu num estado dos Estados Unidos da América.

Em qual estado ela nasceu.

Bem não precisa de atestado confirmando em qual estado.

Porque Úrsula não sabia.

Ela simplesmente não sabia.

Ela não sabia em que estado dos Estados Unidos da América ela tinha nascido ela simplesmente não sabia.

Jamais disseram a ela então ela não sabia não.

Muito bem ela simplesmente não sabia não.

Ela gostava de contar era o jeito de ser de Úrsula então ela contava as letras do alfabeto e ela contava as letras da palavra aniversário mas ela não gostava de contar o número de estados dos Estados Unidos da América porque se ela por um acaso se enganasse e ela podia, você sabe, ela estava quase sempre certa quando ela contava, mas ela podia se enganar e se ela se enganasse e não contasse certo ela poderia deixar de lado em sua conta o estado onde ela nasceu e se ela deixasse de lado o estado e ela não sabia em que estado era, bem então ela nunca poderia fazer aniversário se o seu estado fosse deixado de lado e ela começou a ficar triste e foi embora. Então não era nada fácil para Úrsula dizer o porquê de ela não contaria os estados dos Estados Unidos embora ela gostasse de contar e contava tudo o mais de todas as maneiras.

Mas era assim era assim porque ela não sabia em qual estado dos Estados Unidos ela havia nascido e ela nunca poderia dizer.

E lá estava ela um dia na vida e estava desiludida e sentiu simplesmente que tinha que fazer isso hoje, hoje ela simplesmente tinha que contar os estados dos Estados Unidos.

Então ela começou.

Quantos estados tinham lá e por que ela não podia dizer em qual estado ela nasceu porque ela não podia dizer.

Era uma estranha explicação era uma estação quando houve uma tempestade foi quando ela nasceu e eles estavam navegando por aí e sua mãe e seu pai estavam navegando num barco num rio e eles estavam atravessando por baixo de uma ponte e houve uma tempestade e de repente houve uma tempestade e de repente Úrsula nasceu e ninguém sabia dizer em qual estado eles estavam, quatro estados se cruzavam bem ali onde Úrsula nasceu, pobrezinha da Úrsula ela costumava dizer quando perguntavam na sua escola onde ela tinha nascido ela costumava dizer Como vou saber e então todos achavam que era uma forma muito estranha de nascer e era mesmo.

Ela sabia que fazia aniversário isso era tudo o que ela podia dizer e ela foi ficando triste cada vez mais triste e ela queria ficar feliz cada vez mais feliz então um dia ela fugiu, ela fugiu e encontrou

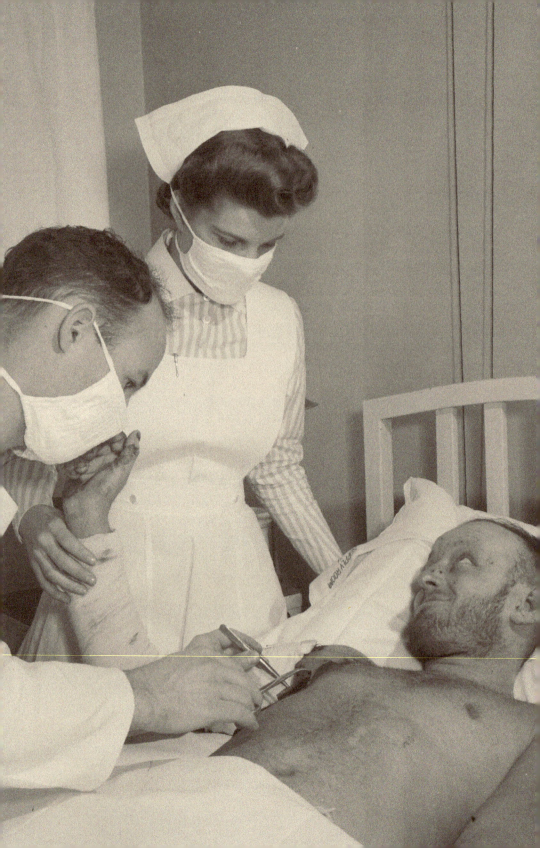

um barco e ela o pegou e se foi procurando pelas águas o local onde nasceu então ela poderia dizer eu nasci num estado e também num dia, e ela perguntou por todo o caminho qual era o caminho e não conseguiu descobrir e por fim ela viu um homem robusto sentado num barco e ela começou a lhe contar do que se tratava. Oh com certeza eu me lembro daquela tempestade eu me lembro daquele dia do dia em que você nasceu e eu posso lhe dizer o que você me pede eu posso descrever exatamente o dia bem exatamente a tempestade bem exatamente onde foi bem exatamente o lugar em que você nasceu. Claro que posso, me dê a mão me dê a mão e eu vou lhe mostrar a direção.

E ele mostrou e lá estava o lugar onde ela nasceu e ela disse em bom estado de humor é um grande estado ou não é um estado esse lugar onde eu nasci.

Claro que é um estado disse o homem que era robusto e ele frisou claro é um estado é o estado de Illinois.

Oh disse Úrsula oh o estado de Illinois que alegria que alegria ali nasci e nem sabia que alegria que alegria.

E foi isso e ela voltou para casa e quando eles perguntavam a ela onde ela havia nascido ela podia dizer que sabia que alegria que alegria e ela nunca mais partiria ela nunca sairia do estado onde nasceu porque ficava nervosa só de pensar que ele podia encolher ou desaparecer oh não ela sempre ficaria e faria aniversário no estado onde ela nasceu.

E agora ela podia contar os estados dos Estados Unidos todo dia e quando ela chegava em Illinois ela podia dizer que alegria que alegria porque agora sabia que esse era o estado no qual ela havia nascido e no qual todo ano ela fazia aniversário e então ela não ficou mais triste cada vez mais triste mas sim alegre cada vez mais alegre.

E essa é a história de Úrsula e Unido e o fim do *U*.

V

é Van Virgílio Valéria e Vero. Vário

Van lã fã.

O que fará Van.

O que ele fará.

Ele fará.

Van lã fã.

Van era seu nome mas ainda assim ele tinha outro nome. Seu nome era Papa Voojums soletrado assim e quando ele dizia isso é o que ele queria dizer. Felizmente não.

O quê.

Não.

Bem-me-quer.

Esse é o nome do Papa Voojums.

Culpa de ninguém.

O quê

Não.

Bem me quer.

Van veio.

Van não é o mesmo que um galo dos ventos.

Mas ele é bem alto mesmo assim, e é um galo e sabe por que, e sabe bem que úmido não é tímido. Oh céus.

Voltando ao Van que tem um nome o mesmo nome mesmo assim.

Por favor tenha muito cuidado com isso.

Se você tem um nome por favor tenha muito cuidado com ele.

Se o seu nome é Papa Voojums.

Por favor tenha muito cuidado com ele.

Isso é o que aconteceu com ele.

Não com o Van não com o Papa Voojums mas com o nome.

O nome o nome Papa Voojums era bem-me-quer.

O que o que ele disse.

E o nome disse.

O que o que o bem-me-quer quer.

Que seja um nó, pode ser.

Querido bem-me-quer.

E aflito para se ter.

Bem isso foi o que aconteceu ao nome.

Lá estava Papa Voojums e Mama Voojums e o Bebê Voojums.

E o Papa Voojums disse O que O que, e a Mama Voojums disse Não Não e o Bebê Voojums disse Bem me quer.

Depois disso não houve mistérios, Van era seu nome e ele era um homem e foi chamado de Papa Voojums, apenas por favor apenas pense nisso.

E então surgiu um morro e seu nome era Virgílio.

Naquela época havia um presunto que foi chamado de carneiro. Bem, isso foi um erro, claro. Um carneiro é áries ou um cordeiro mas nunca um presunto.

Mas o Van bem ele nunca cometeria tal erro e Virgílio é um morro e um morro nunca cometeria tal erro nunca até que ele cometeu o tal erro. Seria mais leve tornar tal erro não mais sério.

Van então, ele é um homem.

Virgílio também, ele é um morro.

Erro nenhum sobre isso.

Agora o que aconteceu

O que de fato aconteceu.

Certamente algo aconteceu.

Por engano.

E um engano é um engano.

É sim.

O que aconteceu.

É tudo muito confuso mas mais confuso do que confundível.

Papa Voojums tirou uma foto de um morro, socorro, Virgílio.

E nesse morro nasceram bem-me-queres.

Papa Voojums começou a chorar quando se pôs a tentar pronunciar bem-me-queres.

Muito prováveis bem-me-queres.

Como poderia um aniversário surgir de bem-me-queres.

Então ali estava de repente uma história.

Quando Van, que é o Papa Voojums, era um garotinho.

Ele não era como os outros garotos.

Ele tinha dentões que mordiam.

E ele escrevia poesia.

Quando seus dentões morderam ele escreveu um poema e quando ele escreveu um poema seus dentões morderam.

Ele era esse tipo de garotinho.

Ele escreveu um poema sobre bem-me-queres.

E quando ele escreveu um poema sobre bem-me-queres seus dentões morderam.

Ah não ele escreveu ah não um bem-me-quer.

Se você não me quer o que farei? Eu morderei com meus dentões tudo o tempo todo até chegar em você.

E ele continuou escrevendo um poema.

Eu sou Papa Voojums e vou escalar um morro.

Virgílio Virgílio Virgílio.

E ele continuou escrevendo um poema.

Eu tenho um morro, Virgílio, eu tenho bem-me-queres quando eu quiser. E eu não nasci num morro, socorro, não Virgílio em morro nenhum, eu não nasci numa ilha eu nasci com dentões que mordem forte, num canteiro de bem-me-queres que eram uma maravilha. Eu sou o Papa Voojums eu sou o Van e quando eu mordo, bem, quando sim, ninguém corre todos simplesmente ficam e dizem Socorro, olhem para os bem-me queres também.

Bem isso aconteceu bem assim.

Qualquer um que escreve poemas, eles têm

Eles têm dentões que mordem como podem.

Eles têm morros, socorro,

Eles têm bem-me-queres,

Ou têm botões-de-ouro.

É fácil suspirar quando se tem que falar botões-de-ouro.

É fácil falar oh céus quando se diz botões-de-ouro.

Mas isso não é um poema.

Um poema tem que ter dentões,

E um poema tem que dizer bem-me-queres.

Eu não sei bem a razão

Mas não estou mentindo não.

Isso é o que um poema tem que fazer.

E um poema tem que ter um aniversário. Como se pode saber quantos anos tem um poema se ele nunca fez aniversário.

Van tinha a certeza de que curar gente com sarampo ou caxumba era moleza bastava ver o Van dizendo um poema com os dentões e bem-me-queres belos e amarelos era uma beleza se alguém tinha sarampo ou caxumba bastava seguir a natureza e ver o Van dizendo um poema com os dentões e para bem longe ia o sarampo e a caxumba iam para o campo para o exílio para o morro do Virgílio.

Está certo não tem por que dizer que isso não está certo. Todo poema tem um aniversário, sigam o comentário e olhem no calendário. É isso o que o Van dizia todo dia. Bem isso bem assim. Um gato e um aniversário e dentes dentões e um bem-me-quer e não contrário.

Bem o quê.

Nada.

Só nada afinal.

Lembre-se.

Só nada mesmo.

Que tal.

Lembre-se

Só Nada afinal.

E ainda assim

É melhor assim.

Então lá está Van com cabelos brancos o que importa,

Bem com dentões e bem-me-queres e poemas e um aniversário.

É o que ele tem a dizer.

Dentões e bem-me-queres e poemas e um aniversário.

Poema. Para carpir e polir.

No aniversário do Van.

E agora Valéria e Vero.

Valéria não conhece ninguém.

Ela disse Deixa comigo.

Mas ela não conhece ninguém

Nem mesmo uma garotinha.

Vero, disse ela, disse Valéria é chato não conhecer ninguém nem mesmo uma garotinha. Vero.

Então Valéria começou a mover morros e depois de mover morros ela começou a mover mares e depois ela disse é bem chato não conhecer ninguém, é chato de verdade não conhecer ninguém nem mesmo uma garotinha.

Vero.

Valéria disse Vero porque ela gostava é vero ela gostava de verdade verdadeira. Ela estava sempre dizendo vero. Isso foi o que a fez mover mares e morros, então ela disse mesmo vero.

Então ela disse Se uma ostra tem uma pérola por que eu não posso conhecer uma garotinha.

Então ela disse Porque se eu disser vero, então muito facilmente eu não estarei muito perto do que eu muito frequentemente gosto de ter muito perto mais do que se eu fosse verdadeiramente mais e melhor.

É verdade verdadeira que é tão fácil mover mares e tão fácil mover morros mas não é assim tão fácil não é mesmo assim tão fácil conhecer uma garotinha.

Quanto mais Valéria pensava sobre conhecer uma garotinha mais ela tomava cuidado para muito cuidadosamente mover mares e para muito cuidadosamente mover morros. Então ela pensou em mover a cama. Ela disse que se ela movesse a cama isso poderia fazer barulho um barulhinho mas ainda assim um barulho. Assim ela não moveu a cama.

A cama estava bem prontinha para ser movida mas Valéria não moveu a cama.

Então quando ela ficou sozinha e naturalmente ela estava sempre sozinha porque ela nunca conhecia ninguém nem mesmo uma garotinha. Bem, quando ela ficou sozinha ela moveu todos os morros e todos os mares para o lugar deles de volta, não exatamente de volta para o lugar em que eles estavam antes, ela foi um pouco descuidada e eles não ficaram bem exatamente onde estavam antes, ela não os misturou, não, não fez isso mas eles não voltaram bem exatamente para o lugar em que estavam antes.

É vero que ela deveria ter ficado bem chateada com isso mas será que ela ficou bem chateada com isso.

Ela disse Vero.

Agora veja bem se você está bem só e nem mesmo conhece uma garotinha como pode fazer aniversário. Como você pode fazer aniversário se não há ninguém lá para lhe dizer em que dia você nasceu, nada nada além de mares e morros e eles foram movidos do lugar.

Valéria estava sozinha de verdade ela não conhecia ninguém nem mesmo uma garotinha.

Valéria disse Vero.

Talvez tudo fosse para o bem.

Talvez.

Talvez fosse melhor que Valéria pudesse dizer Vero.

Talvez.

Talvez sim talvez não.

Quem sabe.

Por certo ela disse isso.

Por certo ela disse Vero.

Não é certo que ela não tinha aniversário mas é certo que ela não conhecia ninguém nem mesmo uma garotinha. Também é certo que ela disse Vero.

V é V e   é W.

Um pedaço a menos ou um pedaço a mais, a menos é V e a mais é um V duplo ou um V duplo deixe-me ver, Puxa vida, deixe-me ver.

O dobro você vê o duplo de você você vê dois de você.

Ver é V e dois de você é um dobro de você. Você vê.

Mas não realmente, o que o que, não de fato não é um bom exemplo pensar no duplo quando o dobro se torna um V em dobro e quando um V em dobro faz o dobro de você é melhor ser V do que você e ainda se pode ser V se isso for ruim de ver.

Agora você vê porque muito é muito necessário.

Então agora tem um duplo que é o dobro do V. Gostando ou não então.

W é Wagner e Washington e William e Wanda.

W é também uma ovelha novinha.

Sim.

Bem é bom saber que havia o Wagner.

Wagner era franzino bem franzino, era franzino como um pino.

Wagner e Washington. É bom saber que era um problema para Wagner ser tão franzino, franzino como um pino.

E então aos pouquinhos ele disse que queria comer uma ovelha e quando ele viu uma ovelhinha e a ovelhinha parecia um cachorrinho e todo mundo que via a ovelhinha dizia que ela parecia, a ovelhinha, dizia que ela se parece com um cachorrinho, bem então é bom saber que não tinha jeito de o Wagner comer a ovelhinha, então Wagner simplesmente continuou sendo franzino franzino como um pino. É bom saber que para ele era um problema ser franzino oh céus sim ele era franzino como um pino.

Wagner era franzino como um pino que desatino.

Quando ele se enfiava num lugar ele também ficava preso.

Não seria assim, sempre um susto, se ele fosse robusto.

Quando ele se enfiava num lugar ficava preso o que é fácil de ver quando um pino se enfia ninguém consegue tirar aquele pino, para isso se deve ser cuidadoso ou teimoso.

Wagner é bom saber queria ficar robusto, ele dizia que se ele fosse robusto ele não seria franzino e se ele não fosse franzino e se ele não fosse um pino ele não ficaria preso e se ele não ficasse preso o que aconteceria, será que sairia ileso.

Bem o que aconteceria.

Era fácil de ver que Wagner era desse jeito e todo mundo se preocupava com o sujeito.

Então ele começou a pensar em peixes.

Você pode pescar com uma vara torta com uma linha e Wagner pensou oh pensou que se ele se entortasse duas vezes como uma vara torta e se ele pendurasse um fio nele mesmo ele pensou então que ele poderia pescar peixes que era o que ele queria.

Será que poderia.

Ele pescou.

Ele se preocupou.

Wagner se preocupava com tanta coisa e ele se preocupava com isso.

Talvez ele continuasse franzino talvez ele ficasse mais fino que um pino e o que é mais fino do que um pino, nada, e então se Wagner ficasse mais fino que um pino ele se transformaria em nada, nada.

Ninguém podia ver isso que isso era um problema para ele.

Ele olharia para um pino pequenino e veria se poderia roubá-lo e se esconder no pino pequenino; se ele era franzino como um pino então como ele era um menino ele era maior do que um pino então ele poderia se enfiar e se ele se enfiasse o que aconteceria.

Eles pisaram nele pensando que ele era um pino mas um pino tão longo que eles não sabiam o que aconteceria.

É bom saber é fácil de ver que tudo era um problema.

E então quando ele estava se escondendo no pino pequenino, ele viu William William e sua esposa Wanda que era comprida como a vida e William o viu, e William disse para Wanda sua esposa quando ele viu Wagner, isso pode servir de lição para ele, deveria servir de lição para ele não ser tão franzino quanto um pino.

Isso era fácil para William que era robusto, William era o oposto.

Mas William era gentil e mesmo sendo robusto e mesmo que tivesse dito para a sua esposa Wanda que deveria servir de lição para

Wagner não ser tão franzino quanto um pino, ele decidiu ajudar Wagner a sair do esconderijo no pino pequenino no qual ele estava enfiado.

Então William foi ajudar Wagner a sair e ele o segurou para puxá-lo para fora do esconderijo onde ele estava, e é claro que quando William que era robusto agarrou Wagner que era franzino como um pino Wagner se agarrou nele e William soltou um grito e ele disse o que acontece e ele disse para Wagner que era tão franzino quanto um pino que ele havia ficado preso nele. E Wanda a esposa de William disse deixe que sirva de lição para você William nunca mais se meter com ninguém franzino como um pino.

Então é isso: não havia jeito separar Wagner, franzino como um pino e tão comprido quanto um menino, de William, que estava preso porque Wagner tinha ficado grudado nele.

Então ali estava William que parecia uma borboleta presa por um alfinete e isso o fazia chorar porque ele estava preso todo ele no Wagner que era franzino como um pino e Wagner ainda estava grudado no pino pequenino e a única que estava livre era Wanda a esposa de William. Só o que ela conseguia entender era que tudo poderia servir de lição para eles não serem nem tão franzinos e nem tão robustos que não estivessem dispostos a gritar nem dispostos a continuar. Em resumo a solução poderia servir de lição.

Então eles começaram a afundar, Wagner como um pino curvado e William em cima do seu aliado e Wanda dançando ao redor deles e gritando isso deveria servir de lição a vocês e Wagner estava preocupado, porque ser um pino curvado era mau negócio mas se William estava em cima dele e não sobraria nada dele nem mesmo um pino curvado oh céus.

E então era estranho, bem na frente de onde tudo isso acontecia tinha uma lavanderia e eles estavam lavando roupas que penduravam lá fora com grampos de roupa, e a Wanda esposa de William correu até lá e pegou um grampo de roupa e correu de volta para Wagner e William e prendeu Wagner com o grampo de roupa e o livrou do pino pequenino. Mas Wagner e William seguiam grudados pois Wagner que era franzino como um pino estava atravessado no William que era robusto, e Wanda disse, Isso, por que não, deveria servir de lição.

Agora o que eles deveriam fazer.

Bem a Wanda teve outra ideia, agora que eles estavam pelo menos livres do pino pequenino ela pegou o grampo de roupa e o puxou através de William até o fim e agora não havia nada a fazer porque Wagner não estava mais enfiado no William e William tinha um buraco nele do tamanho de um pino mas como William era robusto isso foi só um susto. Oh céus tudo bem.

Então.

Bem então bem então.

O que eles podiam fazer ainda.

Wanda disse que serviria de lição para eles mas será.

Então eles pensaram que poderiam preencher o buraco feito no William mas com o quê.

Bem na frente tinha uma janela e na janela tinha um bolo e o bolo era de aniversário. Wanda o viu primeiro e ela disse vamos pegá-lo e vamos primeiro derreter a cobertura e despejá-la no buraco e então derreter as velas e então selar os acabamentos e ninguém saberá que William tinha um buraco feito nele.

Bem então quem diria que assim eles salvaram o dia.

Wagner é bom saber, franzino como um pino, queria sair pela janela bem de mansinho, mas ficou preocupado E se a janela se fechasse sobre ele, porque até mesmo um pino pode ser esmagado e ficar ainda mais fino, mas ele entrou e saiu e William que era robusto estava esperando por ele com o seu buraco recém-feito. E então eles trabalharam o dia inteiro e Wanda derreteu a cobertura e Wagner que era tão franzino estava preocupado em não derramar a cobertura assim ele a despejou com cuidado ali dentro, e quando William já estava completo por dentro, eles derreteram as velas e fizeram o acabamento. Agora ninguém podia dizer, olhando para ele, que William alguma vez fora esburacado por um pino.

E então bem então William disse que isso poderia servir de lição, e ainda havia o bolo de aniversário e mesmo que eles tivessem derretido a cobertura e as velas deveriam comer o bolo. Assim era William. Naturalmente sendo robusto ele sabia do gosto bom do

bolo, e até mesmo Wagner que era franzino como um pino podia comer um bolo de aniversário ainda que no entanto isso lhe causasse desconforto porque ele era tão franzino e isso era um problema e Wanda comeu o bolo também, ela disse que isso serviria de lição para eles para aqueles que deixaram o bolo exposto esfriando num lugar onde qualquer um podia pegar, além disso, disse Wanda, eles cortaram as fatias com uma faca que feriria o bolo de aniversário, mas nós primeiro derretemos tudo e não ferimos nada e de qualquer jeito disse William isso deveria servir de lição a todos.

E agora o X.

X é difícil e X não é muito útil e é um pouco bobo isso de que o X deveria ter sido posto no alfabeto isso quase o transforma num elefante.

X faz Xantipa e Xenofonte e Xilofone e X-salada.

Xantipa compreenda e Xenofonte.

Não dá para dizer que Xenofonte não conheceu Xantipa porque ele conheceu. Como não se conheceriam já que os dois começam com a letra X, como não.

X é engraçado todo mundo acha que é engraçado e até o próprio X acha engraçado.

Xantipa e Xenofonte.

E então talvez tenha sido pela letra X talvez tenha sido mas de qualquer modo de repente Xantipa não pareceu real a Xenofonte e Xenofonte não parecia real a Xantipa.

Xantipa, compreenda, e Xenofonte não conseguia compreender Xantipa e Xantipa não conseguia compreender Xenofonte.

Então o que fizeram eles. Eles pensaram em se livrar da letra X. Primeiro a Xantipa pensou nisso e depois o Xenofonte. Mas se eles desistissem da letra X se eles a perdessem como se pode perder um graveto que se joga depois que um cachorro o mordeu por brincadeira se eles fizessem isso o que aconteceria então então eles se tornariam Antipa e Enofonte e de algum modo eles sentiram que então seria como se ninguém nunca mais prestasse atenção neles. Eles souberam então que era o X o xis da questão era o X que fazia todo mundo prestar atenção neles dois.

Assim eles tiveram que começar de novo e manter o X bem onde ele sempre esteve e eles voltaram a ser Xantipa e Xenofonte mesmo que Xantipa não fosse real para Xenofonte e Xenofonte não fosse real para Xantipa.

Assim começaram, X por X, Xantipa e Xenofonte.

E o que aconteceu então: bem, isso aconteceu então, eles viram cinco homens e dez mulheres e as dez mulheres e os cinco homens andaram para trás deles andaram para trás de Xantipa e de Xenofonte.

Xantipa e Xenofonte sabiam que eles estavam ali, mas não conseguiam olhar para eles porque se eles olhassem para eles então o X em Xantipa e o X em Xenofonte poderiam assustar as dez mulheres e os cinco homens e se os Xis os assustassem eles poderiam tentar matar os Xis. Quando as pessoas estão assustadas isso pode acontecer e Xantipa sabia disso e Xenofonte também.

O que poderiam fazer então.

Claro que era tudo culpa dos Xs mas Xantipa e Xenofonte haviam tentado passar sem eles mas não havia dado certo.

O que poderiam fazer agora, se você estivesse no lugar da Xantipa ou se você fosse o Xenofonte agora o que faria.

Bem verdadeiramente realmente verdadeiramente, você não poderia fazer coisa alguma, você só poderia esperar por alguma coisa e quando alguma coisa fosse coisa alguma e coisa alguma fosse alguma coisa então Xantipa e Xenofonte seriam alguma coisa e coisa alguma.

Isso foi muito desencorajador e havia as dez mulheres e os cinco homens seguindo, eles estavam sempre seguindo Xenofonte e Xantipa.

Então eles pensaram em alguma coisa, eles pensaram em trocar o X de Xantipa pelo X de Xenofonte, isso poderia salvá-los. Assim eles imediatamente começaram a realizar a troca, eles trocaram o X de Xenofonte pelo X de Xantipa e fizeram isso bem rápido e totalmente e depois seguiram caminhando mas não Os cinco homens e as dez mulheres lá estavam, atrás deles, seguindo-os. Trocar um X pelo outro X não os tornou irreconhecíveis nem um pouco, nenhum dos dois, nem a Xantipa e nem o Xenofonte.

Assim uma vez mais isso foi tudo e eles começaram a ficar com medo de cair e os cinco homens e as dez mulheres os pegariam. Era assustador, isso de fato assustava Xantipa e Xenofonte.

E se os cinco homens e as dez mulheres nunca fossem embora como poderiam Xantipa e Xenofonte ficar em algum lugar naquele dia.

Assim eles acharam que deveriam tentar novamente mudar tudo, eles pensaram em trocar o aniversário do Xenofonte pelo aniversário da Xantipa e isso iria assim transformá-los, ter nascido em outro dia mudaria qualquer um, eles acharam que isso iria mudá-los, que ninguém iria perceber que eles eram Xenofonte e Xantipa Xantipa e Xenofonte e os cinco homens e as dez mulheres então iriam embora.

Não mesmo.

Eles sabiam, os cinco homens e as dez mulheres sabiam que Xantipa e Xenofonte eram Xantipa e Xenofonte mesmo que eles tivessem mudado o dia de seus aniversários e os cinco homens e as dez mulheres continuaram seguindo Xantipa e Xenofonte, que não sabiam o que fazer nem o que dizer.

Então aconteceu que, de repente, os cinco homens e as dez mulheres andaram tão rápido andaram em direção a Xenofonte e Xantipa e à medida que andavam em direção a eles todos os cinco homens e todas as dez mulheres escancararam a boca como se estivessem bocejando e então Xantipa e Xenofonte desceram bocas abaixo e ninguém nunca mais viu Xantipa nem Xenofonte e as dez mulheres e os cinco homens foram embora.

E agora nós temos Xilofone e X-salada.

Todo mundo sabe o que é um xilofone sim todo mundo. Você toca nele e ele faz um som, bem, qualquer um é assim.

E o **✗** fica no lugar da palavra *cheese* e todo mundo sabe o que é x-salada.

Um Xilofone deseja ser o melhor de todos porque se ele fosse o melhor de todos ele seria dado de presente de Natal. Natal é bem confuso porque em inglês eles usam um **✗** na palavra Christmas que é Natal e escrevem Xmas querendo dizer Natal e no Natal sempre há coisas à venda e talvez até um X-salada.

É bem confuso não no Natal quando há coisas à venda mas quando é Natal e se come um X-salada.

É bem confuso, por que eles colocam um **✗** em X-salada quando deveriam escrever a palavra queijo por que deve ter um **✗** e por que o Xilofone não poderia ser o melhor de todos quando se vende um monte de coisas e escrevem X-salada com ✗.

A vida é bem confusa disse o Xilofone à sua Sra.

Bem, bem confusa mesmo disse o X-salada.

Não há muita utilidade em um Xilofone ser um Xilofone disse o Xilofone à sua Sra., não há muito consolo disse o Xilofone porque o ✗ não é a palavra queijo mas está lá, não há consolo para mim disse o Xilofone à sua Sra. pelo menos o ✗ de X-salada quer dizer queijo mas um Xilofone um Xilofone não pode trocar as letras do seu nome.

Assim por que ser por que ser por que ser.

Por que ser isso, por que ser um Xilofone.

Um Xilofone.

Oh céus.

Então o Xilofone deu um gemido e sua Sra. pensou um pensamento ela pensou que poderia dar ao Xilofone uma outra letra de presente de Natal e então essa letra seria um grande consolo para o Xilofone.

Veja só onde outras letras aparecem.

Parece que aparecem como consolo.

Assim a Sra. do Xilofone pensou que o Natal seria uma boa ocasião para dar uma letra ao Xilofone.

Agora tudo pareceu tudo bem mas a pergunta é se estava tudo bem.

Não estava tudo bem e a razão é que estava tudo mal.

Em primeiro lugar ninguém queria ganhar um Xilofone de natal e se ninguém queria um Xilofone de Natal como poderia a Sra. do Xilofone ter dinheiro para dar ao Xilofone uma letra nova de Natal.

E então a Sra. do Xilofone, bem ela estava com muita vontade ela realmente estava ela pensou bem ela pensou em roubar ela simplesmente pensou que poderia ela simplesmente pensou que roubaria, sim não existe nenhuma palavra que se possa usar para isso, ela simplesmente iria roubar uma letrinha para dar ao Xilofone. Afinal de contas, no Natal várias letras estão sobrando enquanto o pobre Xilofone que ninguém queria comprar no Natal queria uma letra de consolo que mal poderia haver nisso: roubar uma letra e podia até ser do X-salada.

Bem o X-salada não via essa história com bons olhos não mesmo, ele queria muito o seu ✗ e as outras letras também e ninguém ninguém mesmo ninguém poderia esperar que o X-salada desse ou emprestasse ou tivesse uma letrinha do seu nome roubada. Como faria pelo resto de sua vida com a letra faltando sem as suas letrinhas oh céus. Ninguém podia ver que isso não era possível para o X-salada ficar sem as suas letrinhas oh que xaropada.

O X-salada sentou-se e disse Não quando a Sra. do Xilofone tentou bem quietinha chegar e roubar uma letra para dar ao Xilofone que queria uma letra de consolo. Não, disse o X-salada, não não não. Preciso do meu ✗ e das outras letras também. Vá embora agora e não me incomode com seu Xilofone, ninguém quer um xilofone ninguém ninguém ninguém quer um xilofone então que diferença faz se ele tem só um ✗ e nenhuma letra extra de consolo.

Foi duro para o X-salada tudo isso mas ele escreveu num cartão de Natal, ele sempre escreve todos as coisas em cartões de Natal sempre escreve e o X-salada escreveu ao Xilofone Vá embora e me deixe em paz ninguém quer um xilofone.

Era duro ninguém querer um xilofone e a Sra. do Xilofone não conseguiu encontrar nenhuma letra solitária para servir de consolo ao pobre Xilofone.

Assim eles tomaram o caminho de casa sozinhos o Xilofone e a Sra. do Xilofone e na medida em que estavam na estrada, bem o Xilofone fez uma música e alguém os seguia e eles olharam para os lados e quando viram um garotinho os seguia e eles se viraram para trás.

E então eles ouviram o garotinho dizer Eu gosto daquele Xilofone por favor toque eu gostaria de ganhar um Xilofone no meu aniversário.

Bem, disse a Sra. do Xilofone, o que você nos dará se eu lhe der um de aniversário. O que você quer, disse o garotinho, não tenho dinheiro para pagar mas eu adoraria ganhar um Xilofone no meu aniversário. Ah disse o Xilofone, o ✗ da questão é que eu quero é uma letra de consolo para fazer sucesso.

121

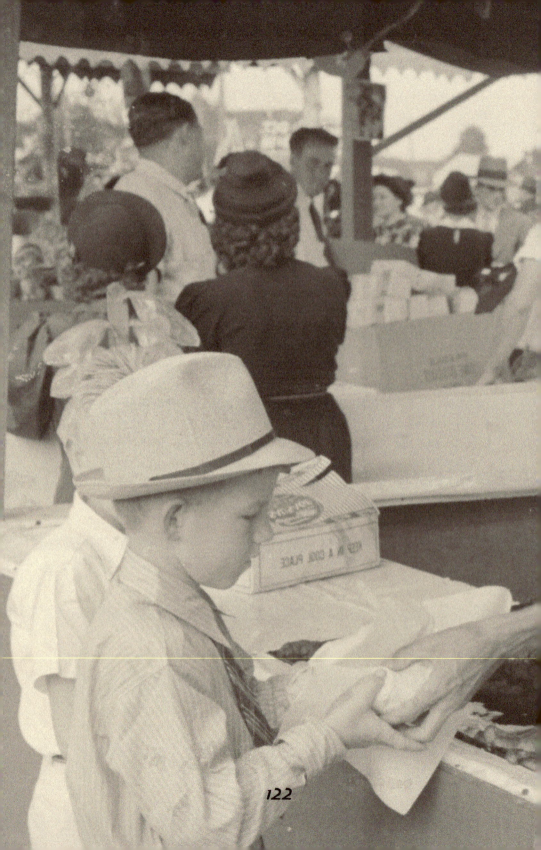

O garotinho disse que seu nome era Chico e ele podia dar o Ch ao Xilofone e usar um ✗ no lugar e seu nome continuaria o mesmo: Xico. Se ele pudesse ganhar um Xilofone de aniversário faria a troca. Xeque-mate. Então pode passar o Ch do seu nome Chico e aqui está o Xilofone de aniversário.

O garotinho passou o Ch do seu nome Chico e saiu correndo com o Xilofone de aniversário para tocar o dia todo o dia do seu aniversário.

E o Sr. e a Sra. Xilofone seguiram seu caminho e estavam felizes demais para tocar o Xilofone porque agora tinham seu consolo, tinham um Ch igual ao do Cheese-salada e um ✗ igual ao do X-salada e nada mais queriam dizer exceto Não é um lindo entardecer.

Chega de Xis.

Yasmin e Ygor, Yuri e Yang

Esses são os e por que não.
O que, o que não.
Oh céus.
Há uma diferença entre iniciar e concluir se não há mais nada a inserir.
Por essa razão o Y está sempre numa boa numa boa.
Yasmin e Ygor.
Yasmin era uma menina.
Era a mais nova de cinco, talvez fosse a mais nova de seis, talvez fosse a mais nova de sete.
Em todo caso ela ainda era a mais jovem, talvez por isso seu nome fosse Yasmin Yin.
Havia uma outra família cujo nome não era Yin era Yang e o segundo mais novo se chamava Yuri Yang. Sim esse era seu nome Yuri Yang, e ele poderia adivinhar que Yasmin Yin iria deixá-lo entrar.
Como ele fez.
Que dia agradável foi esse para Yasmin Yin e Yuri Yang.
Sim tinham nomes engraçados enfim.
É bem natural achar que eles têm nomes engraçados se você não gosta do Y.
Bem natural se não se gosta do Y por aí e muitos não gostavam do Y. Por que, bem eles simplesmente não gostam do Y. Mas nem tanto, sem espanto, a ponto de ficar assustado quando vir que alguém foi batizado com um nome com um Y.
Então o que se poderia fazer com esses dois, Yasmin Yin e Yuri Yang, eles eram cheios de Y para se dar bem com qualquer um que vivesse por ali.
Seja como for Yuri Yang era policial e estava se casando ele disse ele estava com Yasmin Yin.
O pai e a mãe de Yasmin Yin, a mãe e o pai eram marinheiros.

O pai e a mãe de Yuri Yang, a mãe e o pai eram padeiros.

O pai e a mãe de Yuri Yang cozinhavam para os marinheiros, e o pai e a mãe de Yasmin Yin velejavam para os padeiros então era bem natural para Yasmin Yin e Yuri Yang se darem bem, em especial porque ela era a mais nova e ele era o segundo mais novo, e então eles se davam bem e eles eram jovens e fortes e a letra Y não os afetou ainda não não ainda, sim ainda não, nada de confusão.

Assim lá estavam eles Yasmin Yin e Yuri Yang bem casados e isso não iria fazer mal a ninguém. Yuri Yang era policial, mesmo que o seu pai e a sua mãe fizessem pães e Yasmin Yin ficasse em casa mesmo assim seu pai e sua mãe eram marinheiros e velejavam.

Assim lá estavam eles casados e não havia nenhuma confusão ainda com a letra Y, sim ainda não.

Logo logo a confusão com a letra Y começaria.

Eles escutaram alguém cantar e essa era a canção que era cantada.

Imagine que alguém cantava imagine também.

Imagine o cantor e enquanto ele dizia ele cantava imagine também isso.

O que você poderia pensar.

Imagine que ele cantava imagine se puder quanto custaria para recuperar uma letra se ela estivesse perdida. Imagine isso se puder, e sua voz ficou cada vez mais alta imagine se puder é o que ele cantava se você começasse a ter um nome sem uma letra para ele.

Imagine que ele disse e quando ele disse isso ele cantou imagine se puder.

Yasmin Yin e Yuri Yang estavam lá, era de tarde e todo mundo se sentava em grupo quando de repente esse homem começou a cantar e cantou imagine isso se puder.

Yasmin olhou para Yuri e Yuri olhou para Yasmin. Eles lembravam que tinham colocado a letra Y num envelope e agora onde ela estava. Oh céus eles disseram que confusão. Y é por certo uma letra que não deve ser levada e os outros têm duas letras uma diferente da outra e um marido e uma esposa eles têm duas letras uma diferente da outra, e um marido e uma esposa eles têm um pai e uma mãe diferentes então eles não terão essa confusão toda mas nós oh céus, YYYY oh por que nós somos só Y só esse som. E eles choraram tão alto que o homem que estava cantando parou de cantar só para ouvi-los dizer Y oh por que oh por que oh por que somente Y e seu som.

É agradável disse o homem cantando é agradável e é amável ter as letras de A a Z mas não a letra Y. Por que não a letra Y. Oh céus.

Bem essa é uma história bem engraçada, por que não a letra Y.

A letra Y você vê a letra Y está num envelope e quando cai no fogo queima. Agora se uma letra queima então não há nada lá. Acredite ou não é verdade.

Agora a letra Y foi colocada num envelope eles lembravam disso e o envelope foi colocado no fogo, isso foi o que aconteceu com a letra Y. Claro que foi isso e por isso o choro e oh céus, é essa a razão pela qual a letra Y foi colocada num envelope, e no fogo e o envelope foi queimado todo queimado e nas cinzas não havia nenhum som não havia absolutamente nada, foi-se a letra Y.

É uma história bem triste.

E havia Yasmin Yin e Yuri Yang e eles simplesmente não sabiam o que dizer.

Yasmin não podia dizer para o Yuri o que você acha Yuri porque não havia letra Y e Yuri Yang não podia dizer para Yasmin eu cuidarei de você Yasmin porque a letra Y fora queimada coitada, coitada queimada.

E o pior de tudo isso era que Yuri Yang era policial, agora um policial deveria ter visto isso que a letra Y não deveria ter sido colocada num envelope e mesmo que tivesse sido colocada num envelope ela não deveria ter sido colocada no fogo e se ela tivesse sido colocada no fogo o fogo deveria ter sido apagado antes que o envelope estivesse queimado.

Yuri Yang era policial e isso é o que ele deveria ter feito. Yuri Yang.

Bem foi um dia bem triste.

Esses foram dias tristes quando uma letra a única letra que pode fazer você saber que você é você está queimada coitada. Oh céus um dia bem triste.

E o que eles disseram.

Bem Yuri Yang era policial e ele disse é uma coisa horrível mas eu encontrarei uma solução, e Yasmin Yin olhou para ele e disse você acha que pode fazer alguma coisa e que eu não precisarei ir embora. Ainda não, era tudo o que Yuri Yang podia dizer.

E ele foi embora para tentar fazer alguma coisa.

A primeira coisa que ele viu foi o cachorro Insone e ele disse se ele nunca dorme talvez ele possa me ajudar a achar alguma coisa que possa ter tomado o lugar da letra Y e então ele chamou o Insone e o Insone e o Soneca acordaram e foram com ele. Ele contou a eles o que ele queria e eles disseram Eu sei o que fazer, eu sei que um bebê está para nascer e eles vão chamá-lo de Yasmin e agora não faz diferença para esse bebê se o chamarem de Luci em vez de Yasmin porque é só um bebê ainda. Então vamos gritar Luci Luci e o bebê chorará e todos dirão oh céus e talvez Luci seja um nome mais bonito do que Yasmin e então será o aniversário de Luci e então sobrará um nome de Yasmin para Yasmin Yin, e muito bem ela não é um bebê mas se for seu aniversário talvez isso não seja um problema.

Bem essa foi uma boa ideia e eles a levaram adiante e Insone e Soneca gritaram Luci Luci, Bebê Bebê, Bebê Luci, Bebê Luci, e todo mundo disse é claro todos nós vamos chamar o bebê que acaba de nascer nós vamos chamá-lo de Luci e não de Yasmin. Então com o Y que sobrou de Yasmin o policial Yuri Yang foi para casa.

Bem era o aniversário de Yasmin Yin, então o que quer que você ache foi para ela um prazer comemorá-lo desse jeito.

Mas e ela começou a chorar Não adianta nada mais tentar eu não posso ficar com o Yuri, porque a sua letra Y foi queimada coitada, você não encontrou uma outra letra Y ela disse para Yuri Yang. Ainda não, disse o policial Yuri Yang eu estou só começando.

Então ele partiu novamente e achou que Insone e Soneca eram cães policiais, bem eles não eram, eles eram apenas cãezinhos marrons mas quando um policial os chamava eles iam.

Então eles disseram que iriam encontrar Yuri ou Yang.

Mas não havia nenhum.

Todo os Yuris queriam ser Yuris e todos os Yangs queriam continuar sendo Yang.

Então o que um policial podia fazer, Ainda não, disse o policial, isso era tudo o que ele podia fazer.

E então um dia ele viu lá na porta um sinal que dizia Yuri Yang. Era uma casa vazia era para alugar e ele disse como isso podia dizer Yuri Yang. Bem foi bem desse jeito. Um dia, meninos e meninas estavam brincando, e um deles disse vamos fazer de conta que somos policiais. E eles fizeram eles começaram a fazer de conta que eram policiais e um deles disse que sabia o nome de um policial e escreveu isso na porta ele escreveu na porta: Yuri Yang.

E Yuri Yang sendo policial podia entrar, e ele podia derrubar a porta e levá-la para casa para Yasmin e então eles ficariam bem de novo, Yasmin ganhou seu presente de aniversário o Y e Yuri Yang o policial conseguiu um Yuri Yang de novo. E então eles foram muito cuidadosos depois dessa confusão com o Y, Oh eles nunca disseram oh céus, chorar e nunca disseram tentar, eles simplesmente continuaram sendo Yasmin e Yuri Yang, e eles nunca disseram Não ainda, nunca, nunca nunca. E então viveram felizes para sempre e tiveram muitos filhos mas não deram a eles nenhum nome que começa com Y nem um.

E agora é o **Z**.

Z não é o fim e sim o último.

Z é uma letra bacana, fico feliz que ela não seja um Y, eu não dou a mínima para o Y, por que, bem, porque eu não dou a mínima mas o Z é o máximo.

Gosto do Z porque ele não é real simplesmente não é real e assim é uma letra bacana bacana para você e bacana para mim e fim.

Zebra e Zoe.

A zebra é um animal bacana, ela pensa que é um animal selvagem mas não é, que bobagem, ela vai num trote tranquilo. Tem listras brancas e pretas e é sempre gorducha. Nunca existiu uma zebra magra nunca, elas estão sempre bem, saudáveis como ninguém, com esse nome de zebra.

Não é como uma cabra, quando uma cabra é magra não se pode fazer nada por ela, nada nada, mas uma zebra nunca é magra é sempre jovem e gorducha, puxa.

Bem havia uma menininha francesa chamada Zoe, ela disse que seu nome era Zoe esse era seu nome e todo mundo a chamava assim. Era uma menininha francesa e ela tinha um pai, seu pai não era gordo ele era magro, ele era explorador e se você explora e explora deve ser capaz de passar por qualquer porta para explorar e assim você simplesmente deve ser magro.

Mas Zoe não era tão magra ela era bem gorda e seu pai o explorador e sempre trouxe para ela algo especial como presente de aniversário algo vindo de longe.

Então Zoe disse, ela ergueu a cabeça, isso porque ela não era magra e sim gorda e ela encostou a cabeça sua cabeça pesada e gorda no pai que era magro e ela disse Pai, o que você me trará para meu aniversário e ele perguntou O que eu devo trazer, e ela disse Eu quero uma zebra porque elas nunca são magras, quero uma zebra de aniversário.

Então seu pai o explorador se foi e ele não esqueceu o aniversário dela e ele não esqueceu a Zebra dela e foi fácil conseguir uma Zebra porque elas sempre são jovens e gordas e elas pensam que são selvagens mas não são. Assim foi muito fácil para ele pegar uma Zebra para o aniversário de Zoe, mas Zoe teria o aniversário num lugar que estava longe e como faria o seu pai o explorador para levar a Zebra até lá onde estava Zoe no seu aniversário.

Bem, não havia barco lá, isso com algum cuidado poderia ajudar a levar a Zebra até Zoe em seu aniversário, ela estava fazendo aniversário longe demais.

E a Zoe simplesmente tinha que pedir uma Zebra de aniversário ela simplesmente tinha que ter uma naquele dia, não havia nada mais a dizer, ela simplesmente tinha que ter uma zebra naquele dia ou, do contrário, ela iria erguer a cabeça o dia todo. Ela fazia dessas.

Assim seu pai o explorador olhou ao redor e isto foi o que encontrou: um avião e ele pensou se o avião zarpasse no próximo dia ele poderia levar a Zebra para Zoe no seu aniversário.

Assim a primeira coisa a fazer era pintar o avião para que ele se parecesse com a Zebra também, não azul e vermelho mas preto e branco e com listras para parecer com um dorso.

Assim isso foi o que o pai de Zoe começou a fazer ele pintou o avião até que este se parecesse exatamente com uma Zebra e assim quando a Zebra fosse convidada a entrar também, ela pensaria que era outra zebra convidando-a a entrar o que seria divertido e ela entraria e tudo estaria decidido.

Ele fez isso.

Lá estava ele no avião e agora era só diversão, mas logo a Zebra percebeu que o avião era só solidão só a Zebra e o avião e as zebras gostam de um monte de zebras ao redor para escavar o chão e para serem zebras todas juntas e para agir como zebras e não ficar naquela solidão; se as zebras ficam sozinhas elas gemem um montão e dizem que não são mais Zebras, e se elas dizem que já não são Zebras elas não são mesmo não, assim não haveria razão para levar uma Zebra a Zoe no seu aniversário se quando chegasse lá a Zebra não fosse mais nem um pouquinho uma Zebra, seria só confusão só uma ilusão.

Assim o pai de Zoe pensou muito e decidiu pintar as nuvens e o céu como Zebras tudo com listras pretas e brancas, de tal modo que a Zebra por fim dissesse Sim há muitas zebras ao meu redor, tudo está cheio de Zebras e eu não estou sozinha e então não preciso gemer de solidão e posso ser uma Zebra e minhas listras pretas e brancas durarão.

Então o pai de Zoe começou o trabalho ele estava na frente de outro avião e pintou tão rápido o céu e as nuvens que quando o avião da Zebra passou a Zebra não viu nada além de outras Zebras à sua volta, porque até mesmo o chão o pai de Zoe o explorador tinha pintado com listras pretas e brancas como as das Zebras, e assim a Zebra voou e nem desconfiou que não estava mais no lugar onde nascera onde estava cercada de Zebras em todos os lugares até que a Zebra desceu lá onde a esperavam e ela não tinha que gemer porque não estava mais sozinha.

A pequena e gorda Zoe estava dos pés à cabeça estava como uma Zebra, e a casa e as árvores e até mesmo a brisa foram pintadas com listras pretas e brancas como uma Zebra, e assim a Zebra estava feliz em estar ali e era o aniversário de Zoe e o dia todo e todos os dias Zoe e a Zebra passavam brincando, elas eram jovens e elas eram gordas e era bem assim e o pai de Zoe o explorador foi embora explorar um pouco mais até que voltasse no próximo aniversário de Zoe.

Zoologia.

Zoologia que zoeira o que é zoologia.

Zoologia é tudo sobre todos os animais selvagens esbeltos e robustos e que zenem e zurram todos nós somos Zoologia já que Zoologia é sobre isso.

Bem era uma vez uma coisinha, era um cachorro e seu nome era Insone e ele tinha um irmão o Soneca e eles estavam sempre juntos.

Um cachorrão gosta de ser como um cachorrinho e um cachorrinho gosta de ser como um cachorrão.

Isso porque é um grande elogio para o cachorrão ter a admiração do cachorrinho e para o cachorrinho ter a permissão de andar com o cachorrão. Meninos são assim e meninas são assim, gostam de um grandalhão para mostrar quão grandes eles são e gostam de um grandalhão para mostrar quão pequenos eles são. Soneca e Insone não eram assim, Soneca dormia e Insone ficava acordado no mais, eram gêmeos.

Agora o Insone quando não estava no sono e ele nunca pegava no sono escutou um garotinho, havia um garotinho lá e três garotinhas que somavam quatro e não mais, o garotinho estava lendo um livro sobre Zoologia e a princípio o Insone, embora pudesse tentar, não entendeu por que o garotinho estava lendo um livro sobre Zoologia mas logo ele ouviu o menino contar como os cachorros, bem os cachorrinhos como o Insone, podiam ser cães que caçam e estraçalham que zanzam e ziguezagueiam não só no chão mas em florestas e bem longe e matam tudo que estiver a seu alcance. Que aventura foi o que o Insone disse, que aventura.

Então ele tentou acordar o Soneca mas isso era inútil, não havia sentido em tentar acordar o gato e assim todo só ele se foi para o caminho seguido pelos cachorros antes de serem gêmeos como ele era do Soneca, só um cachorro que dormia noite e dia.

Zoologia é uma beleza.

Até então a coisa mais divertida que Insone tinha feito era correr e latir e rasgar a roupa daqueles que ele escolheu como os de quem ele gostava, ele rasgava suas roupas quando estava com medo de que eles fossem embora e o deixassem ali para latir e uivar, e ele rasgava suas roupas quando queria que eles se afastassem e ele rasgava suas roupas quando algo o assustava e ele se sentia valente, Insone era um cachorro valente mas às vezes algo o assustava, isso é o que um cachorro valente faz e essa é a razão pela qual todo mundo pode amá-los porque algo pode assustá-los.

Assim isso é o que Zoologia era e era assustadora, era assustador para os animais serem isso, todos os animais selvagens e todos os domesticados porque qualquer coisa podia assustá-los e era assustador para todo mundo ler sobre os animais porque se ninguém lesse sobre eles não se saberia que qualquer coisa podia assustar os animais selvagens e os domesticados que fazem a Zoologia mas qualquer coisa pode, trovões e raios e o sol e a chuva e o calor e o frio e a neblina e um trem, e outros animais e os homens e até mesmo crianças e mulheres, bem isso é bem bom saber isso faz com que todos se sintam valentes saber que qualquer coisa pode assustar qualquer um.

E o Insone era assim, não o Soneca, porque ele estava dormindo e ele não se assustava por estar dormindo e ele estava sempre dormindo ele nunca estava acordado tempo suficiente para se sentir assustado ou para assustar.

Mas o Insone não era assim, ele gostava de pensar que era mais forte do que um gato ou um pássaro ou a lua ou a rua.

Então um dia após ter ouvido tudo que a Zoologia tinha a dizer ele saiu para assustar alguma coisa, não para ser assustado mas para ser assustador. Assim ele saiu e viu uma porta e ele nunca tinha notado que havia aquela porta antes e ela estava entreaberta. Ele pôs o nariz e depois uma pata e então a porta se abriu um pouco mais e ele entrou.

E lá, num cantinho escuro, havia uma galinha sentada e debaixo dela estavam os ovos que ela estava chocando para dar aos doze pintinhos seus aniversários.

Bem quando o Insone a viu no escuro sobre o chão ele latiu como nunca havia latido antes e colocou uma pata à frente e sabia que estava assustado e que era um pouco assustador, e ele estava certo porque a galinha embora ele tivesse lhe assustado um pouco sabia o que fazer, tudo bem, ela o atacou com as asas ruflando, e flamejando como um raio disparado de um dos olhos e então com o outro olho, e, oh, por Zeus, a porta se fechou ou quase se fechou e o que poderia Insone fazer, ou a galinha também e todos os doze pintinhos esperando por seus aniversários.

Bem então, bem aí então houve um muuuu havia uma vaca e ela não gostou do que estavam fazendo ali e o Insone estava assustado com aquilo tudo e havia um gato e havia um bode e havia um carneiro mas não havia um banheiro e por Zeus não havia nenhum bueiro para se esconder. Bem de qualquer jeito o Insone nunca soube como, quando viu, já estava para fora da porta e ele disse Nunca jamais nunca mais escutarei a Zoologia, a Zoologia foi demais, ele preferia o Soneca e o garoto mas o Insone quando o garoto estava dormindo pegou o livro de Zoologia e o rasgou em mil pedaços e o mastigou, ele havia tido o suficiente de Zoologia o suficiente e mais um pouco. E então ali na escuridão no cantinho sobre o chão a galinha continuou como antes e os doze pintinhos certamente nasceram e estavam felizes por fazerem aniversário naquele dia, e foi tudo tranquilo e a vaca disse muuu e o bode estava lá e um poleiro e um carneiro e um gato tão gordo que parecia um pato.

E o Insone estava longe e nada tinha a dizer naquele dia.

E agora é o Zero.

Oh Zeus, oh Zero.

Zero disseram e se sentiram abastecidos.

Oh quero, oh Zero.

Oh que herói oh céus é o Zero.

Assim o Zero é um herói.

E por que zero não é um mero número.

Porque se não existisse o Zero não haveria o dez só haveria o um.

E se não houvesse o Zero não haveria o cem só haveria o um.

Assim Zero é um herói.

E se não houvesse o Zero não haveria o mil só haveria o um.

E se não houvesse o Zero não haveria o dez mil só haveria o um.

E se não houvesse o Zero não haveria o cem mil só haveria o um.

Assim o Zero é um herói.

E se o Zero não fosse um herói não haveria um milhão só haveria o um.

E se o Zero não fosse um herói se ele não fosse de fato um herói não haveria um bilhão só haveria o um um simples um.

E se o Zero não fosse um herói bem se o Zero não fosse um herói como poderiam as coisas começar se só houvesse um um um.

Assim Zero é um herói e como Zero é um herói há dez e cada um tem um aniversário em vez de só um.

Seria triste ser sozinho a cada aniversário tanto que foi isso mesmo que dizem todos os dez e os cem e os mil e os dez mil e os cem mil e os milhões e os bilhões eles dizem Oh Zero caro Zero oh ouça bem dizemos que graças ao Zero ao nosso herói Zero todos nós temos um aniversário.

Viva.

Então é isso tudo que há para dizer sobre Alfabetos e Aniversários seus jeitos e feitos.

Posfácios

Gertrude Stein para crianças

Dirce Waltrick do Amarante

Talvez a faceta menos conhecida de Gertrude Stein seja a de escritora de literatura infantil e juvenil. Mas, Stein, em determinado momento de sua carreira, dedicou-se a escrever para as crianças. Na verdade, escreveu dois livros: *O mundo é redondo*, escrito em 1938 e publicado em 1939; e *Para fazer um livro de alfabetos e aniversários*, de 1940.

Vindos de Gertrude Stein, não se deve esperar que esses sejam livros convencionais. Isso não significa, contudo, que as crianças não tenham condições de usufruí-los, ainda que exijam delas uma boa dose de imaginação e curiosidade, que elas têm de sobra, embora alguns adultos não enxerguem isso.

Num ensaio intitulado "Sobre a gênese da burrice", Theodor Adorno e Max Horkheimer comparam a inteligência a uma antena de caracol, que diante de um obstáculo, ou do desconhecido, recolhe-se ao abrigo protetor do corpo. Depois, ao ganhar novamente confiança, voltará a se expor hesitantemente. Os pensadores afirmam que o começo da vida intelectual é obscuro e complexo, mas precisamos nos expor a ela para que nossas antenas não atrofiem.

Poder-se-ia comparar as crianças a esses caracóis com antenas delicadas, curiosos, mas ainda tímidos e confusos, os quais precisam de incentivo e estímulo para ganhar confiança e ter os "músculos" de suas antenas/inteligência fortalecidos.

No campo da literatura, os textos de vanguarda são obstáculos que deveríamos aprender desde pequenos a atravessar e, aos poucos, começar a sentir prazer nisso.

Muitas vezes, os críticos se perguntam se os mencionados livros de Stein seriam, de fato, para crianças, uma vez que a sua linguagem radical afastaria até os leitores mais experientes.

Thacher Hurd, no prefácio da edição americana *O mundo é redondo*, conta que, aos dez anos, quando leu o livro pela primeira vez, sentiu uma certa dificuldade em relação à sua linguagem, mas logo a dificuldade deu lugar ao seu poder encantatório.

Embora *O mundo é redondo* seja um livro excepcional, escolhemos traduzir primeiro este livro, pois acreditamos que se trata de uma boa introdução de Stein para crianças e talvez seja um texto com o qual elas se identifiquem imediatamente; afinal, todas elas conhecem o alfabeto e todas já festejaram um aniversário. Além disso, o abecedário é um procedimento frequente e tradicional na literatura para crianças.

Se a identificação é, provavelmente, imediata, a compreensão do texto de Stein exige do leitor, mirim ou não, um pouco mais, já que seu livro para crianças incorpora traços bem típicos de sua escrita para adultos, a qual é altamente repetitiva, mas extremamente rítmica, entrelaçando e confundindo som e sentido. Ademais, há nela justaposições de palavras e brincadeiras com a sintaxe. Outra característica da escrita de Stein é a de evitar ao máximo pontuação: vírgulas, pontos de interrogação (que ela abominava) etc., o que muitas vezes torna o texto ainda mais confuso ou ambíguo.

Para entender Gertrude Stein, diria, para entender os vanguardistas de um modo geral, é preciso abandonar o conceito de leitura que nos impuseram ao longo dos anos em bancos escolares, ou seja, o de que o texto tem que ter, necessariamente, um começo, um meio e um fim, e que, de preferência, carregue um claro preceito moral. É preciso entender que a leitura carrega muito mais do que isso; ela é feita também de música, de ritmos, de brincadeiras humoradas com a linguagem e, principalmente, de percepções do próprio leitor.

Ler que é verter que é mover o caleidoscópio com Stein

Luci Collin

Traduzir Gertrude Stein, pelos elementos revolucionários que caracterizam a produção literária da autora, será sempre um grande desafio. Mas é um desafio que não deixa jamais de ser divertido, uma aventura estimulante, uma responsabilidade que cintila. Traduzir esse livro foi muito divertido. Stein faz peripécias com a linguagem, brinca com o som das palavras, surpreende o leitor a cada instante e, por isso tudo e mais, conseguir reproduzir em português todas essas peripécias steinianas seria impossível para qualquer tradutor (sempre o soubemos!). Então, esperamos ter conseguido manter algumas, num resultado que revele como Gertrude Stein maneja belamente o texto, como nos presenteia a cada página, a cada parágrafo com inúmeros jogos sonoros, com repetições, com um trato da escrita que gera aquelas frases que parecem não ter sentido numa primeira leitura, mas que nos fazem rir ou se extasiar ou ainda devanear quando percebemos o que guardam e como são carregadas de densos sentidos.

Isso é Stein. Uma escritora que desafiou a maneira tradicional – descritiva, previsível e linear – de se dizer e sentir as coisas, os lugares, as pessoas, os animais, as cores, as emoções da vida. Uma escritora que ousou embaralhar os conceitos, que escreveu livros que confundem a teoria literária, que pensam o texto como se ele fosse também música, como se fosse pintura, como se fosse dança, cinema e filosofia. Exemplo disso é esse livro: um passaporte para a invenção contínua. Invenção do próprio livro e do leitor também.

Isso é Stein. Isso é ler Stein. É deixar-se mover, dançar, sonhar, envolver; é deixar-se multiplicar, expandir com e por um texto que, acima de tudo, nos oferece uma oportunidade especialíssima de participar de uma literatura que é franca e intensamente libertária.

Esse *Para fazer um livro de alfabetos e aniversários* depende de você para ser construído e reconstruído ao infinito. Cabe ao leitor assumir essa brincadeira. Brincadeira séria. Brincadeira essencial. Esse livro é para fazer alfabetos, aniversários e a gente ficar num encantamento sem fim.

Sobre a autora

Gertrude Stein que nasceu nos EUA em 1874, escreveu poesia, ficção (romances e retratos) e peças de teatro. É uma autora conhecida por ter assimilado, na sua escrita, as características do Modernismo. Ela estudou Medicina, Psicologia e Filosofia na juventude; em 1903 mudou-se para Paris onde viveu até o fim de sua vida, em 1946. Em sua casa, que foi um importante centro de discussão sobre as artes, se reuniam grandes figuras como Pablo Picasso, Henri Matisse, Ermest Hemingway e Ezra Pound. Nome fundamental para o desenvolvimento da literatura moderna, Stein escreveu inúmeros livros, entre os quais *Três Vidas* e *A autobiografia de Alice B. Toklas*.

Sobre as tradutoras

Dirce Waltrick do Amarante é professora do Curso de Artes Cênicas da Universidade Federal de Santa Catarina (UFSC). Coorganizou e cotraduziu com Luci Collin *O que você está olhando*, uma antologia de peças de Gertrude Stein; organizou e traduziu *Viagem numa peneira* e *Conversando com varejeiras azuis*, coletâneas de textos em prosa e verso de Edward Lear. É autora de *As antenas do caracol: notas sobre literatura infantojuvenil* e *Pequena biblioteca para crianças: um guia de leitura para pais e professores*, todos publicados pela Editora Iluminuras.

Luci Collin poeta e ficcionista curitibana, tem dezessete livros publicados entre os quais *A árvore todas* (contos) e *A palavra algo* (poesia), ambos pela Editora Iluminuras. Leciona Literaturas de Língua Inglesa na Universidade Federal do Paraná (UFPR). Sua tese de doutoramento, na USP, foi sobre Gertrude Stein. Já traduziu E. E. Cummings, Gary Snyder, Jerome Rothenberg e Eiléan Ní Chuilleanáin, entre vários outros.

CADASTRO
ILUMI//URAS

Para receber informações
sobre nossos lançamentos e
promoções, envie e-mail para:

cadastro@iluminuras.com.br

Este livro foi composto em *Celeste* pela *Iluminuras* e terminou de ser impresso em 2020 nas oficinas da *Meta Brasil gráfica*, em Cotia, SP, em papel off-white 80 gramas.